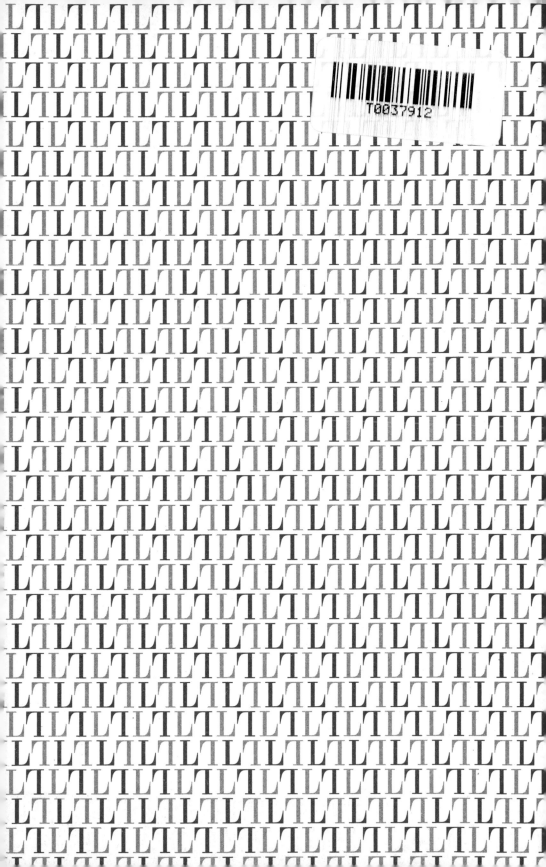

Las brujas de Monte Verità

Las brujas de Monte Verità

Paula Klein

Lumen
_____

narrativa

Papel certificado por el Forest Stewardship Council®

Penguin
Random House
Grupo Editorial

Primera edición: noviembre de 2023

© 2023, Paula Klein
Autora representada por Silvia Bastos, S. L., Agencia Literaria
© 2023, Penguin Random House Grupo Editorial, S. A. U.
Travessera de Gràcia, 47-49. 08021 Barcelona

Printed in Spain – Impreso en España

ISBN: 978-84-264-2840-0
Depósito legal: B-15.643-2023

Compuesto en M. I. Maquetación, S. L.
Impreso en Unigraf, Móstoles (Madrid)

H 4 2 8 4 0 0

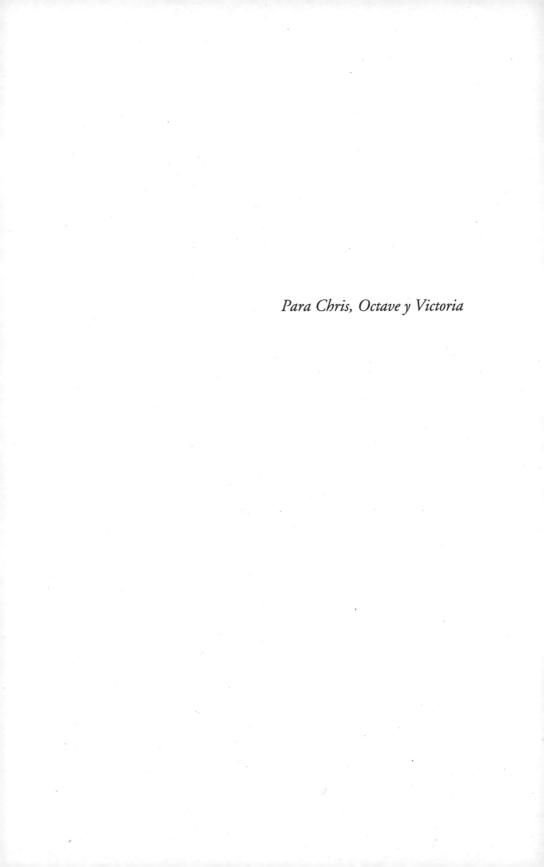

Para Chris, Octave y Victoria

Something
comes into the world unwelcome calling disorder,
disorder.

LOUISE GLÜCK

Siempre nos quemaron. Ahora nos quemamos
nosotras.

MARIANA ENRIQUEZ

Al principio solo hay oscuridad. De a poco, el sonido empieza a emerger desde el fondo impreciso del escenario. Un chasquido metálico de platillos y un gong anuncian una música primitiva, ritual. La escena se va iluminando. El cuerpo de una mujer ocupa el espacio. Va descalza y tiene la cabeza agachada. Una máscara blanca con rasgos orientales le cubre la cara. Lleva un traje de lamé rojo cobrizo con reflejos negros y plateados. Está sentada, con las piernas flexionadas y las plantas de los pies enfrentadas. Las rodillas suspendidas a pocos centímetros del suelo. En un golpe de percusión, la cabeza se proyecta hacia el cielo y los brazos la siguen como flechas. Las manos se apoyan en los tablones de madera y luego suben por una pared invisible. Su columna se agita en espasmos. Los omóplatos convulsionan. El pecho se hincha, se vuelve rígido. Mary Wigman se toma de los tobillos. Los pies empiezan a elevarse. Suben y bajan golpeando el piso al ritmo del gong. Son un instrumento más. A pesar de la máscara, cada movimiento transforma la expresión de su rostro. Según la posición que adopta, los ojos parecen abrirse o cerrarse. Alrededor de su boca flota una sonrisa impenetrable. Está ahora en el borde del escenario, casi a punto de caer sobre la platea. Nadie la ha visto avanzar.

¿Repta?

Se mueve con una energía oscura. Una fuerza subterránea hace temblar el piso y la madera cede. Mary es ya puro ataque, una masa de músculos que se estremecen. Sus pies se mueven rápido, levantando chispas que encienden el aire. El ambiente está caldeado y las partículas anuncian la hoguera. Las llamas toman impulso y se aferran a las tablas.

Pero no a ella.

Su cuerpo parece hecho de piedra. El fuego lame su piel y la vuelve lustrosa como el bronce. Los gritos empiezan a subir desde la sala. El público, que antes se arqueaba incómodo en sus asientos, se ha puesto de pie. La gente vocifera y se apretuja aterrorizada en dirección a la salida del auditorio, que da a una calle de Múnich de 1914. Aunque no entienden muy bien lo que han visto, prefieren creer que fue una pesadilla o un momento de histeria colectiva. Salen sin mirar atrás. Ya afuera, las mujeres se cierran los abrigos con fuerza y los hombres se ponen los sombreros. Se van en silencio, suspendidos en el vértice de una catástrofe incomprensible.

¿Ahora gritan?

¿Qué gritan?

«¡Arde, arde!».

Sobre el escenario, los inmensos tablones que se han desprendido del suelo forman una pirámide. Vista de lejos, parece un árbol que se incendia. La escena hace pensar en las antiguas fiestas de la cosecha en las que los campesinos, bailando en ronda en torno a una hoguera, ofrendaban los frutos de la tierra a los dioses de la fertilidad y de la noche.

Mary tiene el cabello revuelto y los ojos hundidos en las órbitas. Parece un animal al acecho. Por fin logra verse realmente. Ahí está la criatura de la tierra y de la noche. El engendro lujurioso y salvaje, repulsivo y fascinante. Ahí está la bruja.

La bestia se despierta todavía varias veces durante la noche. Verónica se acostumbró a dormir poco. Como las raíces de ciertas plantas que crecen en el desierto, sus sueños se fueron adaptando a las condiciones austeras. No sabe dónde surgirán los nuevos brotes, pero se sorprende al ver que las historias continúan incluso después de varias interrupciones. Algunas imágenes se imprimen en su memoria y pueden ser retomadas varias noches más tarde. Con el paso de los meses, aquel soñar fragmentado empieza a ensanchar la zona gris en la que lo vivido y lo imaginado se confunden. Ciertas escenas reaparecen tan seguido que se pregunta si no serán más bien recuerdos que su inconsciente saca a flote como piezas sueltas de un rompecabezas.

Por lo general, esos sueños tienen un trasfondo pesadillesco que le deja un gusto amargo. De madrugada, el llanto de la bestia la encuentra con los puños apretados contra las sábanas. Una saliva espesa se le acumula en la boca y la asquea. Antes de levantarse para tranquilizar a su hijo, tantea en la mesa de luz buscando el vaso de agua. Espera, resignada, que la sensación de pesadez se le instale en la nuca y la sien.

Esa noche arrima el sillón de cuero a la cuna. El cuerpito que segundos antes gemía aferrado a los barrotes se desploma sobre el colchón. Se autoriza a cerrar los ojos. Sabe que no podrá abandonar esa posición durante los próximos treinta minutos. Es un tiempo estimativo que le permite asegurarse de que la bestia duerme un sueño profundo. Un sueño que no será perturbado por el crujir de sus pasos sobre el parqué. No logra sacarse de la cabeza una historia que escuchó esa misma mañana en la radio. La emisión presentaba a una misteriosa mujer que vivía exiliada del mundo en los bosques de las Cévennes. Debía tener aproximadamente su edad y era hija de una sesentista, una de aquellas jóvenes que participaron del Mayo del 68 y se entusiasmaron con un destino hippie. Al principio era prácticamente invisible. El bosque la acobijaba y la protegía de la curiosidad de los lugareños, como a tantos otros animales salvajes. Nadie sabía muy bien cómo se alimentaba o vestía. Pero ese equilibrio endeble había empezado a quebrarse. Cada vez más seguido, entraba en las casas vacías buscando alimento o ropa. Se rumoreaba que rompía los juguetes de los niños abandonados en los patios traseros. A veces, le atribuían la aparición de extraños montoncitos de piedras, hojas secas y ramas. ¿Qué la llevaba a penetrar en los jardines para montar esos altares inquietantes? Frente al aumento de las denuncias, las autoridades locales habían tenido que admitir el problema. De criatura excéntrica y legendaria pasó a ser una amenaza. ¿Se trataba de una víctima de la sociedad de consumo o de una joven con algún trastorno mental? En todo caso, esa marginal acobardaba a las nuevas generaciones de treintañeros que, desde hacía algunos años, se instalaban en la región buscando reconectar con la naturaleza.

En la penumbra de la habitación, escucha el ritmo discontinuo de la respiración de su hijo. No entró todavía en una fase de sueño profundo. Ella querría no estar ahí. Querría ser otra. Hunde la cabeza entre los hombros y se acurruca en el sillón tratando de imaginar el rostro de la desconocida. No le falta atractivo, pero su apariencia es completamente dejada. La ropa descolorida le queda grande. Camina sin apuro, abriéndose paso entre los árboles de las Cévennes y sus ojos se pierden en un punto impreciso del bosque.

De repente, el recuerdo de otra mujer se le presenta con la nitidez de una fotografía. Es una joven de pelo rubio ceniciento. Sus mechones se escapan de unas trenzas deshechas y le cubren los ojos. Aunque presiente que esa confusión de imágenes es un síntoma típico de adormecimiento, se deja llevar por el fluir de su conciencia. No sabe de dónde le viene el recuerdo, aunque juraría que es algo que ha visto, algo que conoce. Ve una cabaña, un bosque, una fogata y, alrededor, una mujer que ensaya movimientos con un dejo de danza. La silueta plateada asoma entre las llamas.

De a poco, la respiración de la bestia se va estabilizando en una cadencia continua, cada vez más honda. El movimiento de su pecho le recuerda el aleteo de algunas mariposas nocturnas que ondean sin ton ni son, peligrosamente atraídas por el fuego.

Otra noche blanca. Hace algunos días desplazó su cama al salón. Le dijo a Adrien que era para no despertarlo con sus idas y vueltas, pero intuye que esa separación, que ella insiste en describir como pasajera, es síntoma de otra cosa. Al salir de la ducha, se mira en el espejo del baño buscando la parte dañada. No hay moretones ni rasguños, solo ojeras y una palidez que se acentúa con el paso de las semanas.

Son las nueve de la mañana y la casa está vacía. Los meses de encierro de la pandemia quedaron atrás. La bestia volvió a la guardería, Adrien a su oficina, y ella recuperó el usufructo del espacio doméstico. Ningún ruido viene a perturbar su soledad y le alegra constatar que, con el inicio de la primavera, las enredaderas que cubren el inmueble vecino reverdecieron. Tapizan ya de un verde brillante toda la pared.

Recorre con la vista el espacio módico que separa la cocina del salón y prueba un resto tibio de café. Durante las últimas semanas, sus salidas se redujeron a lo estrictamente necesario: hacer las compras, pasar por la farmacia, llevar y traer a Nico. Su contrato como profesora de Artes en la universidad se acaba en unos meses, pero le anunciaron que posiblemente no pueda renovarlo. Necesitan el puesto para un recién llegado, un doctorando joven y prometedor. Tiene que ser comprensiva: la prioridad es proteger a los que escriben sus tesis. El argumento es relativamente convincente, pero no deja de preguntarse por qué el sistema no contempla nunca ayudarla a ella. Tal vez tiene que empezar a resignarse: las aulas de la universidad no son para ella. El horizonte cercano del desempleo la obliga a reconsiderar la opción más simple y menos seductora: presentarse al concurso de español que le permitirá enseñar en colegios secundarios. Un año más de estudio, encierro y angustia. La idea de volver a pasar por exigentes exámenes le provoca un nudo en el estómago. Todo eso para aspirar a un trabajo que no le entusiasma.

Podría, si no, postular a puestos administrativos, buscar empleo en un café o en una librería, aprender a usar Excel, InDesign, Photoshop o cualquier otro programa que la vuelva más atractiva en el mercado laboral. Los libros del concurso ocupan ya la mesa del salón. Los esquiva como si tuvieran ántrax. No hay apuro, se dice. De todas formas, en unos meses tendrá que buscarse un puesto de reemplazante en colegios suburbanos. Seguramente esperarán a ver qué academia le toca en suerte antes de organizar la mudanza. El sueldo de Adrien no alcanza para mantener el alquiler y los gastos, y renunciar a la guardería no es una opción. La única salida es alejarse del centro. La mayor parte de sus conocidos tomaron esa decisión, y hasta los más reacios terminaron aceptando las ventajas de ganar unos cuantos metros cuadrados. Aunque la mudanza parece ser el plan lógico, la perspectiva de abandonar al mismo tiempo la enseñanza universitaria y el departamento en el que vivieron los últimos años antes de la llegada de la bestia la entristece.

Hace poco leyó sobre una especie de lagartija que, al ser capturada por la cola, es capaz de desprenderse de ella para sobrevivir. La evolución la llevó a transformar el desgarro forzado en una renuncia voluntaria. El pedazo de cola que queda bajo las garras del depredador se pierde, pero da lugar a una regeneración celular asombrosamente rápida. Al cabo de algunas semanas, la lagartija engendra una nueva cola completamente distinta en color, largo y textura de la original. ¿Será algo así lo que la gente entiende por «reinventarse»? Le avergüenza reconocer que la sola idea de cambiar de barrio la estresa. En términos estrictamente evolutivos, se encuentra a años luz de la astuta lagartija. Por su parte, la actitud de Adrien la hace pensar en la abulia aristocrática de una medusa. Él afronta el futuro incierto con resignación y una pizca de melancolía. Acepta que cuando se tienen tentáculos cortos y poco aptos al braceo, lo más sabio es entregarse a los designios de la corriente. A diferencia de ella, Adrien sería capaz de sobrevivir sin problemas en un nuevo ecosistema, por más hostil que este pudiera resultarle. Su técnica consiste en dejarse arrastrar, ingerir el alimento que se pega a sus filamentos gelatinosos y mantenerse listo para activar el modo hibernación. Es, salvando las distancias, lo que viene haciendo desde hace años: subsistir en una empresa que le exige interminables y monótonas jornadas de trabajo bastante mal remunerado.

Para evadirse, revuelve las carpetas y papeles ubicados debajo de la biblioteca del salón. Son varios estantes en los que tiene archivadas las diferentes clases que le ha tocado dar en su vida. Menos de un metro cúbico de papel. En esa escasa porción de espacio cabe todo su conocimiento. Busca los apuntes de un curso de introducción a la danza que dio hace ya varios años. Entre esas notas deberían estar las referencias sobre Monte Verità, una colonia naturista fundada a inicios de 1900 en las colinas de Ascona, en la Suiza italiana.

Además de ser el lugar donde Rudolf von Laban y Mary Wigman sentaron las bases de la danza moderna, la comunidad fue un terreno de experimentación de modos de vida alternativos.

En teoría, defensores de un retorno a la naturaleza y a un matriarcado primitivo. En la práctica, ávidos de tomar baños de sol desnudos y de iniciarse en el consumo terapéutico de drogas. Lleva algún tiempo investigando sobre el tema y, a diferencia de lo que suele pasarle con otros proyectos, su interés no decae. Al contrario: por primera vez en los últimos años, se siente con la energía suficiente para encarar un estudio más ambicioso. ¿Tal vez un libro?

No logra dar con sus notas. Abandona la búsqueda para preparar más café. Sobre el parqué, las migas del desayuno recién tomado a las apuradas se confunden con las de la cena. Es una buena señal: Nico no tuvo tiempo de ingerirlas en sus idas y vueltas matutinas. Debería pasar la aspiradora. La claridad con la que formula esa idea le genera dudas: ¿por qué en Francia nadie usa la escoba? ¡Qué ganas de levantar polvo y de gastar electricidad!, se dice con la mirada perdida entre las migas. Sobre la mesa ratona reina el cochecito-xilofón, con sus cubos de madera de colores chillones que Nico todavía no consigue encastrar en los huecos. Sobre la alfombra, tres libros musicales, variedad de autitos y peluches. ¡Dichosas las que logran abstraerse del desorden para leer algunas páginas de corrido y asegurarse un poco de vida interior!

De todas formas, ayer hizo avances. Evitó todos sus compromisos laborales y, en su lugar, se contentó con leer varias páginas de *Silence*, de Tillie Olsen. No fue mucho, pero el contenido le resultó revelador. Reflexionando sobre la repartición desigual de las facultades creativas durante el siglo XIX, Olsen explica que, de las mujeres cuyos logros perduran hasta hoy, la mayor parte no se casó ni tuvo hijos. Su lista incluye a Jane Austen, Emily Brontë, Christina Rossetti, Emily Dickinson, Louisa May Alcott y Sarah Orne Jewett. La autora agrega que algunas como George

Eliot, Elizabeth Barrett Browning, Olive Schreiner o Charlotte Brontë se casaron tarde, en la treintena, y que solo cuatro —George Sand, Harriet Beecher Stowe, Helen Hunt Jackson y Elizabeth Gaskell— tuvieron hijos siendo jóvenes. Todas ellas disponían de servicio doméstico. Verónica mira las migas y los juguetes desparramados por el salón sin decidirse a activar ningún resorte de su cuerpo. A pesar de todo, tiene bastante suerte. La guardería francesa es el equivalente republicano de las niñeras: no hace desaparecer el caos, pero le alcanza para avanzar con unas cuantas páginas de lectura improductiva.

Con una nueva taza de café en las manos, se esfuerza en recordar cuándo escuchó hablar de Monte Verità por primera vez. Fue hace muchos años, durante su otra vida de estudiante de Artes en la Universidad de Buenos Aires. Asistía a un seminario optativo de Estética en el que se hablaba de danza contemporánea. Allí, entre los nombres y las fechas que se apuraba a copiar en un cuaderno espiralado de tapas rígidas, en medio de Rudolf von Laban, Isadora Duncan y Mary Wigman, había escuchado el nombre del lugar. El tema le había parecido pintoresco y los personajes la habían fascinado durante toda la clase, pero el interés no sobrevivió a la vuelta a la rutina. Las colinas de Ascona se esfumaron entre las charlas con amigos, que acompañaba con panes rellenos y un líquido dulzón que un vendedor instalado en pleno pasillo del primer piso de la facultad vendía como café con leche y que los estudiantes degustaban en vasitos de telgopor.

Unos diez años después, durante sus primeras vacaciones en Argentina con Nico, la comunidad suiza volvió a entrar en su vida. Estaban en la casa de playa de sus padres, falsamente situada frente al mar. Falsamente porque los urbanistas del popular centro turístico consideraron imperioso construir gigantescos restaurantes y puestos de alquiler de carpas que, en temporada alta, bloqueaban la vista al mar con una marea espesa de lonas verdes y cemento.

La escasez de ayuda que recibieron como padres primerizos durante los primeros meses de vida de su hijo les hizo apreciar aún más las bondades de una familia en la que todavía no había niños. En su círculo íntimo, la llegada de un bebé constituyó un evento increíble. Padres y tío se pusieron a los pies de la bestia, que no escatimaba en risitas y todas las ínfimas monerías de las que era capaz. En esas primeras vacaciones, Nico estuvo al cuidado exclusivo de sus abuelos largas horas del día.

Parte de su rutina consistía en hacer caminatas sobre la playa. Le gustaba sentir el agua fría del mar en los pies, salpicándole las pantorrillas y el extremo inferior de su camisola. Salía temprano, antes de que la turba de turistas estuviera ya instalada al borde de la orilla con reposeras, lonas y sombrillas, por no hablar de las heladeritas con refrigerios. Por suerte, a esa hora, solo unas cuantas personas de la tercera edad compartían el usufructo de la playa. A diferencia de los grupos de turistas que llegaban hacia el mediodía, más desinhibidos e impúdicos, las pocas parejas de jubilados con las que compartía el espacio leían y hablaban bajo. Como buenos madrugadores, se observaban discretamente, con un sentimiento tácito de aprobación. Sabían que ninguno osaría ocupar con sus cuerpos y bultos la pequeña franja de arena húmeda por la que circulaban algunos corredores. Aquella mañana, antes de empezar la marcha, se acomodó el sombrero y los auriculares. Quería acompañar el paseo con alguno de sus podcasts preferidos. El reflejo del sol en la pantalla del celular le impedía leer el título de la emisión. Mientras se echaba a andar, le dio play y se abandonó a la voz elegante del presentador del programa que solía escuchar. Con sorpresa, distinguió las palabras «Monte Verità». Debía reconocer que la idea de la comuna no era mala. En los primeros meses de «vuelta a la normalidad» que siguieron a la pandemia, ¿quién no soñaba con curas en medio de la naturaleza, poliamor y niños abandonados a una crianza salvaje?

Volver a Francia después de aquellas vacaciones le resultó particularmente duro. El trabajo de Adrien se había vuelto demasiado exigente. Salía temprano y regresaba tarde. A veces ella ya estaba dormida cuando percibía sus gestos lentos para meterse en la cama sin despertarla y no lograban hablar hasta el otro día. Cada vez más seguido se encontraba sola con la bestia, haciendo malabares para no tener que anular sus clases y dar con alguien que aceptara cuidarlo a último momento durante las recurrentes jornadas de huelga que la guardería anunciaba sin demasiada anticipación. Tal vez para no desmoralizarse, se convenció de que tenía que empezar el nuevo proyecto académico en el que estaba ahora inmersa. Quería investigar sobre la vida de las fundadoras de Monte Verità, ir tras las huellas que ellas habían dejado en Ascona. Los historiadores y críticos se habían interesado mayormente en los hombres de la comunidad. Pero Verónica intuía que la historia de las mujeres podría arrojar luz sobre algunos puntos todavía desconocidos del proyecto. Aun así, le costaba desprenderse de sus dudas. ¿Qué sentido tenía ese estudio ahora que el sistema universitario había determinado su exclusión no negociable? ¿Por qué una persona tan metódicamente urbana como ella se interesaba, de pronto, por un grupo de ecologistas del 1900? ¿Tendría el coraje suficiente para escribir un libro sobre utopías cuando su propio equilibrio familiar tambaleaba? Y, sobre todo, ¿por qué ese tema volvía justo ahora, cuando su vida parecía entrar en combustión?

Para huir de sus conjeturas, decidió ponerse a escribir. Abrió un nuevo fichero en la computadora e inauguró un cuaderno azul al que le pegó, en un gesto simbólico y solemne, una etiqueta blanca en la que escribió a mano «Monte Verità». Se proponía registrar datos y curiosidades sobre los protagonistas. Quería poner en orden los acontecimientos y las fechas, formular sus incertidumbres y, más que nada, explicarse la curiosa fascinación que esos personajes le producían. Todavía no tenía en claro la forma que tomaría su investigación, pero confiaba en que ese cuaderno de bitácora sería una instancia preliminar indispensable. Respiró hondo, les echó un vistazo a sus apuntes y se lanzó:

Monte Verità fue el nombre que un puñado de jóvenes burgueses partidarios del vegetarianismo, el nudismo y el amor libre le dieron a su utopía. Al comienzo eran solo seis. Tres hombres y tres mujeres que defendían el trabajo al aire libre y los baños de sol, que pregonaban una filosofía de vuelta a la naturaleza y a un matriarcado primitivo. Sus nombres eran Ida y Jenny Hofmann, Henri Oedenkoven, los hermanos Karl y Gusto Gräser, y Lotte Hattemer. Su llegada a Ascona no debió haber pasado desapercibida. Algunos los llamaban *balabiotts* en dialecto ticinés: los «hombres desnudos» o «los que bailan desnudos bajo la luz de la luna». Aunque los lugareños eran bastante conservadores, terminaron aceptando su presencia. Eran bichos raros, pero inofensivos. De a poco, se acostumbraron a verlos vagar por las montañas descalzos o con simples sandalias de cuero. Los hombres se dejaban crecer el pelo y la barba. Cuando se cruzaban en el mercado, las cómodas «vestimentas reformadas» de lino que ellos mismos confeccionaban debían llamar la atención. Envidiosas, las mujeres encorsetadas los miraban de reojo. Tal vez algunos niños los siguieran por las colinas para regalarles flores silvestres o hacerles bromas. Se contaba que los más pequeños tenían la costumbre de arrodillarse frente a uno de ellos. Un hombre de túnica y pelo largo que se hacía llamar Gusto y que les parecía una encarnación de Cristo.

Al principio, la comunidad adoptó el estatuto de un sanatorio en el que los pacientes podían realizar curas vegetarianas y dormir en cabañas de «aire y luz». Con el paso del tiempo, el lugar se transformó en un centro de danza y de artes de vida e incluso, en los años que precedieron al final, en un hotel de lujo administrado por un banquero alemán oscuramente emparentado con el nazismo. La historia demostró que los monteveritanos habían sido los precursores de los hippies de los años sesenta. Los abuelos de los *flower children* que huyeron de la guerra y del servicio militar obligatorio e inundaron la Costa Oeste americana, expandiendo sus ideales de retorno a la naturaleza, libertad sexual y consumo de drogas con la rapidez de la pólvora. Para los años sesenta había ya tantos jóvenes ávidos de rock y *peace and love* que solo una bacanal de torsos desnudos como Woodstock podía canalizarlos. Pero a inicios del 1900, en las montañas del Tesino, eran solo ellos.

Ida Hofmann era una pianista austrohúngara de treinta y seis años, en pareja libre con Henri Oedenkoven, nueve años menor. Henri, hijo de unos ricos industriales de Amberes, fue quien aportó los ciento cuarenta mil francos necesarios para comprar la propiedad, por aquel entonces conocida como «la Monescia». En otra amplitud de onda estaban los hermanos Karl y Gustav Gräser, educados en un ambiente más modesto. Karl había sido oficial de la armada imperial, y Gustav, que era abogado, sería recordado como pintor y futuro profeta nómade. Las dos mujeres que cerraban el grupo eran Jenny, la hermana menor de Ida, cantante aficionada en pareja libre con Karl, y Charlotte o Lotte Hattemer, una joven berlinesa con una carga familiar complicada y serios trastornos mentales. Para gran pesar de los monteveritanos, aquella mujer de belleza excepcional terminó sus días en medio de una tragedia. Un espectador externo podía pensar que aquellos jóvenes de familias relativamente acomodadas lo tenían todo. Pero no estaban satisfechos. Pese a sus diferencias, compartían una idea: el camino a la felicidad no podía consumirse. El único boleto de salida era ganar su libertad.

Juntos encendieron la chispa de una aventura que iba a durar dos décadas. A partir de 1905, los pacientes empezaron a llegar de todas partes atraídos por la fama del lugar. En solo unos años, muchos de los grandes nombres de la vida intelectual y artística de Schwabing, el cuartel intelectual del Múnich de la época, pasaron una estadía allí. Entre ellos los psicoanalistas Carl Gustav Jung y Otto Gross, los sociólogos Max y Marianne Weber, los bailarines Rudolf von Laban, Mary Wigman y los hermanos Isadora y Raymond Duncan, pero también escritores, artistas y pensadores como Hermann Hesse, Franziska von Reventlow, T. H. Lawrence, Ernst Bloch, Frans Harp, Sophie Taeuber, Paul Klee o Krishnamurti. La mayoría de esos visitantes se sirvieron de Monte Verità como una fuente de inspiración. Eran aves de paso, huéspedes ocasionales que disfrutaban de la novedad, pero no dejaban su energía día y noche para hacer vivir la utopía. Las que sí ponían el cuerpo eran ellas: Ida, Jenny, Lotte.

¿Se podía genuinamente sentir empatía por personas que habían vivido hacía más de un siglo? Verónica solo las conocía por relatos ajenos, por los estudios que había consultado mientras preparaba sus cursos, por algunos panfletos y un puñado de fotografías en blanco y negro. ¿Quiénes fueron en realidad esos jóvenes que renunciaron a una vida sin sobresaltos para modelar la arcilla áspera de una utopía? ¿De dónde sacaron coraje? Aunque todavía no pudiera explicar por qué, la fuerza del proyecto de los monteveritanos la conmovía.

Por las noches, sus fantasmas venían a susurrarle mensajes al oído. ¿Qué murmuraban? ¿Qué le decía Ida Hofmann con sus creencias teosóficas y su búsqueda de una maternidad espiritual? Ida la iluminada, la educadora, pero también la mujer abandonada por Henri cuando su pelo se volvió gris y un ansia de concretar la paternidad con un cuerpo más joven se apoderó de él. ¿Qué le decían los artistas y los pensadores que habían dejado huellas frágiles e indelebles en aquel ignoto centro del mundo? ¿Qué mensaje quería hacerle llegar la condesa Franziska von Reventlow, escritora bohemia y defensora de los derechos de las mujeres, con su hijo a cuestas y sus escritos como única garantía de equilibrio psicológico? ¿Qué revelaciones le inspiraba la genial Mary Wigman, cuyo libro de escritos autobiográficos leía y releía desde hacía días? La imaginaba con su camisón de noche entreabierto en un cuarto minúsculo. El pelo erizado, dando saltos, encadenando las extensiones y contracciones de sus músculos, poseída por la atracción hacia su maestro Rudolf von Laban y por el deseo de engendrar con su danza una bestia mitad mujer, mitad bruja.

¿Le sugerían que fuera sensata y se comportara como las mujeres de buena voluntad que habían sacrificado todo para ocuparse de su progenie? ¿O más bien la incitaban a abandonar el barco, a desprenderse, aunque más no fuera por un momento, del abrazo primitivo de la bestia sonriente para buscar la realización personal en objetivos ajenos a la dicha familiar? Escuchaba todavía el eco de las voces de las creadoras y las desenfrenadas, de las maravillosas y las olvidadas. Sus sombras se instalaban al borde de la almohada, la cuestionaban y le susurraban un caudal de letanías. Cada vez más seguido, la sacaban de la cama y la llevaban a encender la luz del salón durante la madrugada. La impulsaban a garabatear notas trasnochadas en su cuaderno, a encender la computadora y leer en la penumbra. Ellas eran sus profetas, sus sacerdotisas de pies descalzos, sus viajeras en búsqueda de *Wanderlust* y de extravíos. No sabía en qué idioma le hablaban, pero escuchaba sus voces. Por momentos, creía reconocer ese hablar entre lenguas tan propio de los sueños, pero el sentido de sus palabras se disipaba con las noticias de la radio, mientras Adrien ponía a tostar el pan y atajaba a la bestia sonriente que pululaba a sus pies.

Entre los trabajos prácticos que se impuso como parte de su investigación estaba la idea de componer un registro de «ficciones inspiradas en el lugar». Cuestión de empaparse del clima de época. Se proponía procurarse y leer todos los textos que, de manera más o menos explícita, trataran sobre Monte Verità. Una noche, Adrien llegó relativamente temprano y vio las montañas de papeles sobre la mesa del comedor. La visión lo inquietó. ¿No iba a presentarse al examen de español? Mientras preparaban el baño y la cena de Nico, la pregunta dejó planeando en el aire un velo de angustia. Verónica observaba las pilas de apuntes y se preguntaba cómo escapar al ciclo de los obstáculos y las dilaciones. Se imaginaba como un Sísifo académico: siempre una página más por leer, una idea más que anotar. La trampa sutil de la investigación como procrastinación.

Para liberar espacio durante las comidas, trasladaba los libros de la mesa del comedor a la biblioteca. Uno en particular la fascinaba: *Monte Verità*, publicada en 1952, una *nouvelle* de Daphne du Maurier, la autora de *Rebecca*. El relato giraba en torno a la desaparición de Anna, la joven esposa de Victor, el mejor amigo del narrador. Du Maurier presentaba Monte Verità como una fortaleza invisible, oculta en las crestas de una montaña. Un refugio hecho por y para mujeres que deseaban escapar de la sociedad. Las jóvenes que paseaban por las cumbres de Ascona sucumbían al encanto de las sacerdotisas que recorrían la región con los pies descalzos y simples túnicas blancas, buscando nuevas reclutas. La promesa: si renunciaban al mundo de los hombres, conservarían la belleza y la juventud eternas.

Du Maurier escribió una historia de ascenso y erotismo, una fábula sobre mujeres que escalaron tan alto que los hombres no lograron seguirlas. Los lugareños se inquietaban. Cada vez más adolescentes abandonaban sus casas para adentrarse en las montañas y desaparecer. ¿Se escurrían entre las grietas de las rocas? ¿O se fusionaban con la montaña, volviéndose un solo cuerpo? El texto la hacía pensar en *Picnic at Hanging Rock*, una película que transcurría en las montañas del estado de Victoria, en la Australia del 1900. Le parecía que las dos obras estaban conectadas. En el film, un grupo de pupilas y sus institutrices salían de día de campo. Después del almuerzo, mientras descansaban bajo la sombra de los árboles, algunas de las muchachas decidieron ir a explorar la montaña. Al cabo de un rato de caminar, aletargadas por el sopor de la tarde, se quitaron los botines. Dejaron sus delicadas medias y sus guantes bordados de encaje encima de las rocas que las rodeaban y se adormecieron. Al despertar, algo había cambiado. Sin intercambiar una sola palabra, decidieron seguir subiendo. En algún momento se perdieron entre las piedras y desaparecieron. Al cabo de varios días de búsqueda desesperada encontraron a una de las pupilas. Pero la esperanza de que las otras aparecieran se esfumó rápido, ya que la joven no conservaba ningún recuerdo de lo ocurrido. Los médicos y enfermeras que la atendían se sorprendieron al constatar que, más allá de una ligera deshidratación, no tenía heridas ni contusiones. Nada que permitiera develar el misterio. Aunque la hallaron descalza y sin corsé, sus pies y sus manos no presentaban más que ligeros rasguños. No había sufrido de hipotermia ni de quemaduras del sol. Al contrario, su piel intacta daba la impresión de haber tomado una larga siesta en un campo de algodón.

Los otros libros que se procuró sobre Monte Verità abordaban temas muy variados, pero casi todos destacaban el fuerte erotismo que se desprendía de las colinas de Ascona. Esos tres cerros que muchos describían como un exuberante cuerpo de mujer acostada sobre la espalda. Podía hablar de las anomalías electromagnéticas del lugar, probablemente debidas a las grandes cantidades de ferrito que «cargaban» las montañas. Podía avanzar la hipótesis de las grutas y los templos subterráneos erigidos a la diosa de la fertilidad Astarté, que databan de la era bizantina. Podía. Pero si quería ser fiel a la verdad, tenía que reconocer que la subsistencia de una utopía dependía de factores más prosaicos. En 1882 se había inaugurado el túnel de San Gotardo, que facilitaba el acceso en tren al Tesino desde los países del norte, transformando el lugar en un prometedor destino de vacaciones. Ida y Lotte tuvieron buen olfato inmobiliario.

Con el paso de los meses, Verónica decidió que iría a conocer la Montaña de la Verdad. Se imaginaba el viaje como una especie de cura, un retiro espiritual en el que podría olvidarse de sus problemas y conectarse con la naturaleza. Le seducía la idea de tener un cuarto con vista al lago. Una cama simple, ni chica ni grande, algo rígida, pero cómoda. Fantaseaba con los rayos tibios del sol atravesando las copas de los árboles. Ascona era el sinónimo de un viaje sin exotismo, pero con una dosis de extranjería. Quería alejarse solo un poco de casa. Crear una mínima distancia que le permitiera ver el rancho desde otra perspectiva, inspeccionar el estado de los alambrados y los cercos, recontar el ganado y encerrarlo tranquilamente durante la noche. Una semana de vida en el bosque, con el clima de ascetismo que impregna las montañas, pero sin las privaciones de un verdadero retorno a lo salvaje. Un mix de *Walden* y colonia de vacaciones.

En el plano personal, su utopía consistía en irse tan lejos que la vuelta a casa le resultara difícil. Así, a los veinticuatro años recién cumplidos, con un diploma de licenciada en Artes y una flamante beca Île-de-France, se instaló en París. Durante un año ocupó un cuarto en una de las residencias de la Ciudad Universitaria. Fondation Deutsch de la Meurthe era el nombre del más romántico y vetusto de los edificios del campus: un ancestro desencantado del colegio Hogwarts, con mayoría de estudiantes asiáticos y una cocina compartida que apestaba a salsa de soja y fritanga.

Por aquel entonces, el viaje se le presentaba como una posible aventura. Tal vez también como un trampolín hacia su siempre malograda independencia económica. Pero demasiado rápido, el azar de las noches la llevó a un boliche de mala muerte en el que, entre *scotchs* con coca y una infernal música tecno, conoció al que sería el padre de su hijo. Después de unos meses de citas marcadas por el desconcierto lingüístico y la perseverancia típica de los enamorados, logró escapar antes de lo previsto de la Fundación de la Muerte. Se instalaron durante casi un año en el minúsculo estudio que Adrien alquilaba en un barrio señorial y bastante inanimado de la capital. La convivencia apaciguaba la angustia de la inminente crisis financiera con que la amenazaba ya el final de la beca.

Desde la vereda opuesta, su por aquel entonces única amiga argentina en París se abandonaba a la vida que ella había proyectado para sí misma. Brillante y sin complejos para tomar la palabra y hacerse oír, Lucía iniciaba un máster en Ciencias Políticas. Mientras ella marinaba su felicidad doméstica, Lucía encadenaba historias de amor, salía con tipos y faltaba todo el tiempo a clase.

Todavía hoy recuerda sus labios colorados y su melena oscura ondeando al viento como una bandera de la victoria, mientras le detallaba sus últimas conquistas en la terraza de algún barcito de Le Marais. La felicidad de manteca de Verónica, las series en la cama y los gastos compartidos no la convencían. La sola idea de un amante fijo le daba pereza y la hacía patear el tablero antes de que los primeros síntomas amorosos se declararan.

Por razones misteriosas, después de unos años de esa vida sentimental revuelta, Lucía decidió que era el momento de casarse y, como todo lo que hacía, lo hizo a lo grande. Eligió a un aristócrata parisino de un metro noventa y dos y ojos verde agua que la perseguía desde el máster, y se casó en la iglesia más minúscula del pueblo más encantador de la Provenza. La imagen de su descomunal velo blanco levantando polvo por las calles de aquel pueblito perdido entre plantaciones de olivos y lavanda quedó grabada en su memoria. Aún recuerda su cuerpo diminuto flotando entre los encajes que desentonaban con la boda campestre y, sobre todo, su miedo a que alguien la besara y pusiera en peligro su maquillaje perfecto. Esa misma noche, Lucía lloró en su regazo, con el rodete salpicado de flores ya casi deshecho y la certeza de haber cometido un error. Al cabo de un año, su amiga se divorció y decidió volver a Buenos Aires, pero antes organizó una fiesta de despedida en la que cada uno de los invitados debía llevarse, como souvenir, un libro de su biblioteca. Verónica llegó tarde, lo que redujo considerablemente sus opciones. Después de considerar los restos, se decidió por un librito delgado que llevaba por título *Fortineras: mujeres de la pampa*. La imagen en colores vivos de la portada, con dos mujeres fornidas y de tez oscura cabalgando sobre un mismo caballo, la impresionó por lo kitsch, pero el título la atrajo. Algún tiempo después, Lucía volvió a Argentina y siguió cosechando amantes.

Pero el cambio tampoco la sosegó. De vez en cuando, por teléfono, le hablaba de una nueva angustia. De un día para el otro, la asaltó un temor terrible a envejecer sin hijos. Ella, siempre tan independiente, se quejaba como una nena pegada al teléfono.

—Nadie va a querer enamorarse de una mujer al borde de los cuarenta... Mucho menos de una mujer sin hijos.

El razonamiento de Lucía era difícil de seguir. Podía entender que el paso del tiempo la preocupara, como a otras el peso, las canas o la aparición de arrugas. Pero de ahí a pensar que un futuro amante pudiera rechazarla por no tener hijos había un salto absurdo. Como un disco rayado, ella llegaba una y otra vez a la misma conclusión.

—Vos te quejás de tu vida, con tu bebé y tu marido soso, pero sos un jarrón *kintsugi*. Tus imperfecciones te vuelven valiosa. Yo pierdo interés cada día. Estoy destinada al museo de los objetos raros: intrigante, pero en desuso.

El hecho de que una de sus amigas más visceralmente feministas estuviera pronunciando ese discurso anacrónico la dejaba sin palabras. Lucía insistía:

—Vos tenés la foto. Podés imprimirla en A3 y empapelar tu habitación.

—¿Qué foto? ¿Estás loca? —respondía Verónica entre divertida y preocupada.

—Es que no te das cuenta porque ya la tenés. Ese cuadro familiar es tu podio. Podés subirte ahí y recibir los aplausos.

—¿Me estás cargando? ¡Vos sos libre! Hacés lo que querés sin darle explicaciones a nadie...

—No te estoy cargando. Todos saben que no es fácil. Pero vos lo hiciste: formaste una familia.

La idea de tener que consolar a su amiga, súbitamente deprimida por estar acercándose a la cuarentena sin hijos, la aplastaba.

Corriendo el riesgo de sonar incluso más anacrónica que ella, le repetía las ventajas de su libertad y recitaba las clásicas penurias de la vida familiar. Para darle más autoridad a sus argumentos, mencionó todos los nombres que se le venían a la mente de escritoras sin hijos que jamás podrían haber hecho sus obras de haber optado por la maternidad. Era como hablarle a una pared. El desconsuelo de Lucía era compacto y hermético.

Varios meses pasaron hasta que volvieron a llamarse. Lucía estaba más tranquila. Con un grupo de amigas, habían decidido mudarse a una enorme casa en el campo, en las afueras de la ciudad. En «los albores de la pampa», decía, y su risa sonaba a espuelas de plata corriendo sobre la llanura. Solo mujeres. Una especie de gineceo en el que todas se ayudarían. Los hombres serían tolerados de lunes a viernes y bienvenidos para colaborar con los asados y las actividades deportivas los fines de semana. Repartición machista y pragmática del tiempo y el espacio. Las que tenían hijos y al cabo de unos años ya no se bancaban a sus parejas veían el plan como una panacea. Las que no los tenían podían experimentar el rol de tías y afianzar la relación con los retoños de sus amigas sin correr el riesgo de perder su libertad.

Agradeció que, al otro lado del teléfono, Lucía no pudiera ver la sonrisa sarcástica que se esbozaba en su cara. Pero, a medida que le describía los detalles del lugar, la disposición de las casas y los espacios privados y compartidos, el trazado de la huerta, las actividades al aire libre y los planes colectivos, empezó a sentir la punzada de los celos creciendo en su interior. Proyectos así hubo miles, se repetía en silencio. No duran, están destinados al fracaso, pensaba, con la certeza apuñalándole el pecho. Lucía iba a probar lo que los monteveritanos querían hacer desde el principio: transformar la Montaña de la Verdad en un matriarcado.

La idea de mudarse a las afueras coincidió con la confirmación de que no podría renovar su puesto en la universidad. Aunque no le hizo reproches, Verónica empezó a detectar en Adrien los primeros síntomas de la derrota. Lo veía desplazarse en silencio por el departamento. A veces lo sorprendía con la mirada perdida en las hojas de la madreselva que cubría ya de verde la pared de enfrente. Se ocupaba los fines de semana con tareas inútiles como ordenar los armarios o limpiar a fondo el cuarto de baño. Algo en él se aferraba a esas paredes que pronto tendrían que dejar. Ella se sentía responsable de su nostalgia prospectiva. Un día se acordó de que uno de sus mejores amigos se había mudado al sur y le insistió para que se tomara unos días de vacaciones. Podría visitarlo, descubrir la zona cerca de los Pirineos donde su amigo estaba instalado, tratar de sacudirse la desesperanza. Adrien acabó aceptando la propuesta sin convicción. Mientras preparaba su mochila, sus ojos iban desde los cajones de donde sacaba medias y calzoncillos hasta la bestia sonriente que jugaba sobre la cama, ajena a sus desgracias.

Cuando se disponía a irse, le dieron un abrazo y le pidieron que les trajera alguna golosina a la vuelta. En cuanto escuchó el clac de la puerta, Verónica se dio cuenta de lo mucho que necesitaba hablar con Lucía. Quería quejarse, llorar si las lágrimas venían. Le urgía despotricar contra las injusticias que el primer mundo les reservaba a los exiliados voluntarios, a sus ciudadanos de segunda. Necesitaba desahogarse. Después de tantos años de esfuerzo, en unos meses estaría nuevamente sin trabajo. Tendrían que cambiar de barrio y de guardería. Instalarse en los suburbios. Se veía comprando y armando cajas de cartón, cargándolas con libros y juguetes, llenando las valijas con ropa, bajando con dificultad los muebles por la escalera estrecha. Pondrían en venta lo inútil, donarían lo que quedaba. Seguramente harían excursiones a París los fines de semana, irían cada tanto a visitar amigos, a recorrer un museo y comprarle una *crêpe* a Nico.

Quería escuchar la voz de Lucía diciéndole que su furia era entendible. Necesitaba el clásico, pero no menos consolador: «No te preocupes. Todo va a salir bien». Pero su amiga no respondió a sus llamados. La tenía sin novedades del gineceo desde hacía semanas. Se la imaginaba vestida a lo gaucho en medio de una inmensa pampa verde flúor: Lucía montada a caballo o instalando una bomba de agua en un aljibe con botas altas y sombrero de ala ancha. Probablemente habría encontrado al decorador más chic y estaría eligiendo los muebles del salón, pintando las paredes de la cocina con diseños selváticos, instalando cuadros costumbristas en los cuartos. De todas formas, no podía contar con ella para que le dijera qué decisión tomar. ¿Qué haría en su lugar? ¿Aprendería a contentarse con la vida en los bordes? ¿Por qué adaptarse y rendirse le parecían sinónimos?

Para pensar en otra cosa, volvía una y otra vez a su investigación. Cuanto más ahondaba en la cuestión, más le extrañaba lo poco que se sabía, por ejemplo, sobre la amistad entre Ida Hofmann y Mary Wigman. Hacía algunos días había aprovechado una llamada de su exdirector de tesis para adelantarle las grandes líneas de su estudio. Mientras él ultimaba los detalles de su próxima partida de la universidad y se preocupaba por saber de qué iba a vivir y si ya estaba preparando el concurso de español, ella insistía para que la universidad aceptara financiarle una estadía en Ascona. Al fin y al cabo, su director venía trabajando en los cruces entre utopía y política desde hacía años y siempre le había irritado su escaso interés por el tema. ¿Qué más utópico y político que el rol de las mujeres en Monte Verità?, le decía. La voz del otro lado del teléfono musitaba restos de frase que ella no lograba descifrar, pero que no auguraban lo mejor. Se lo imaginaba en su casa en los suburbios, mirando por la ventana de un amplio salón, impaciente por cortar la conversación y poder ir a tomar el aperitivo con los amigos que lo esperaban ya en el jardín. ¿Después de tantos años no iba a concederle un último capricho? Estaba determinada. El desgano de él no iba a acobardarla. Justo antes de cortar, le anunció que le mandaría algunas páginas redactadas antes de la próxima reunión con los otros miembros del equipo.

¿Dónde están hoy los que no capitulan?, se dijo dejándose caer en el sillón. Quería dormir una siesta, pero las figuras de los monteveritanos volvían a aguijonearla. Hacía rato que venía pensando en un retrato de Henri e Ida tomado hacia 1907. Se había pasado un buen rato buscándolo en internet, sin éxito. En su recuerdo, los dos estaban de pie y llevaban ropa invernal. Con el cuerpo ligeramente ladeado, Ida apoyaba su antebrazo sobre el hombro de Henri. Los nudillos le rozaban la cara y dejaban ver un inicio de sonrisa. Envuelto en una espesa capa puesta a la manera de un poncho, Henri parecía feliz. Estaba segura de que la imagen tenía una marca extraña, un remolino blancuzco que surgía en la zona del vientre de Ida y daba la impresión de que la fotografía estaba sobreexpuesta. Le resultaba curioso que esa imagen de pareja se le apareciera justo en el momento en que soñaba con prenderle fuego a la casa, cuando fantaseaba con manchar la alfombra, levantar el parqué y dejar que las migas se escurrieran entre las grietas.

El domingo a la noche, con la bestia ya acostada, reconoció las zancadas de Adrien subiendo de a dos los peldaños de la escalera. Aunque sabía que era él, dudó. ¿Hacía cuánto tiempo que no sentía esos pasos enérgicos? Escuchó el ruido de la llave en la cerradura y, justo después, el desplomarse de su mochila sobre el piso. Adrien se le acercó y la besó en la frente. Parecía más joven. Estaba bronceado y su sonrisa tenía una chispa nueva. Después de aceptar una caja de cartón roja y amarilla con una porción de algo que se asemejaba mucho a la torta de ricota, Verónica le pidió que le contara cómo había estado su fin de semana.

—Muy bien. Tenemos que ir los tres algún día. Matthieu tiene una casa increíble. ¿Podés creer que estuve buscándola durante cuarenta minutos? El GPS me mandaba para cualquier lado. Es un lugar muy alejado —dijo mientras abría la mochila y sacaba unos folletos—. Mirá, son anuncios inmobiliarios, lotes que están en venta cerca. La municipalidad busca familias para desarrollar proyectos en la región. Pequeños productores locales, agricultores bío.

—Neopastores —bromeó Verónica.

—No te imaginás el lugar que construyeron. Matthieu está de novio con una chica de la zona. —Adrien se tiró a su lado en el sillón y se revolvió el pelo con la mirada perdida en la oscuridad que asomaba detrás de las ventanas—. Encontraron una vieja casa aislada en medio de la nada. Ahora están armando una huerta de permacultura. Todavía no es muy grande, pero en unos años quieren abastecer con verduras y frutas a varios pueblos cercanos.

—¿Matthieu no estaba en finanzas? —preguntó Verónica, haciendo girar el folleto entre los dedos.

Adrien le explicó que hacía bastante que su amigo no estaba bien con su trabajo ni con su vida en la ciudad. Después de varios conflictos con sus jefes, decidió tomarse unos meses sabáticos y se fue a recorrer el sur. Apenas llegó a Ariège se enamoró del lugar y alquiló una casita. Al principio se dedicó a caminar, a hablar con los vecinos, lo típico.

Verónica asentía, intentando mostrarse interesada. Adrien se puso a vaciar la mochila y, sin moverse del sillón, ella lo siguió con la vista de un lado a otro del salón.

—Conoció a su novia en un taller de cerámica. Julie es profesora de yoga. Coincidieron en la clase de una amiga suya y no se separaron más. Increíble, ¿no?

—¿Cerámica? ¿Permacultura? Nada que ver con Matthieu todo eso... ¿Va en serio la cosa?

—Me parece que sí. Julie quiere abrir un centro de yoga y meditación. Piensan construir nuevas habitaciones para recibir alumnos durante el verano.

Adrien terminó de vaciar la mochila y de guardar, después de doblarlos con cuidado, unos pulóveres en el armario. Ella lo miraba como si fuera un desconocido.

—¡Hasta hacen pan casero! —agregó él con una sonrisa infantil.

Verónica lo acompañó hasta la habitación y lo observó desvestirse y, ya en calzoncillos, entrar al baño a lavarse los dientes. Mientras ella se ponía el pijama escuchó, con ese hablar de boca empastada que Adrien manejaba tan bien:

—Tenemos que ir pronto. Todavía quedan algunos lotes disponibles.

Aunque no volvieron a hablar del viaje al sur, en las noches que siguieron Verónica experimentó los primeros síntomas de un malestar impreciso. En medio de la madrugada, la imagen de los folletos con los lotes le parecía amenazante. Imaginaba a Nico corriendo por un jardín salvaje coronado por los picos de los Pirineos. Se veía cultivando tomates, cortando ramitas de albahaca y romero para la cena. ¿Podrían ellos, tan acostumbrados a la vida en las grandes ciudades, ser felices en medio de la naturaleza? Adrien intentaba abrir una puerta y ella solo percibía su cobardía. Le parecía que, harto de esperarla y de verla fracasar, se rendía por adelantado. Transformaba la derrota en una alegre y despreocupada huida pastoril. De un día al otro, su perspectiva había cambiado. No hablaba ya de mudarse a los suburbios, sino de una vida en los confines de la civilización. Le proponía una vuelta a la naturaleza sin concesiones: cultivar la tierra y hornear pan. ¿Habría una guardería o un colegio cerca? Ella se pasaba las noches girando en la cama, pateando las sábanas, sacando un pie, un brazo o incluso una pierna entera afuera, buscando una posición capaz de devolverle la calma.

Después de semanas de luchar contra el insomnio, se resignó. Asumió que ya no volvería a dormir ocho horas corridas. Dejando de lado el cansancio de zombi que la acompañaba el resto del día, tenía que reconocer las ventajas de la increíble playa de tiempo libre que se abría en sus noches. Mientras la casa dormía, ella colonizaba silenciosamente el salón. Se preparaba una tisana, comía unas galletitas y abría un libro o se dedicaba a perder el tiempo en internet.

Una ola de gratitud tecnológica la invadió una noche. ¡La Fundación de Monte Verità autorizaba el acceso en línea a una buena parte de su archivo! Podría avanzar con el proyecto sin necesidad de adelantar el viaje a Ascona. La idea de visitar los archivos en persona seguía presente en su corazón académico, pero el sitio web hábilmente diseñado la sedujo de inmediato. Un motor de búsqueda le permitía surfear entre montañas de materiales. Era posible incluso filtrar los textos que le interesaran por autor o por fecha. Casi todo estaba en alemán, pero era un inconveniente menor dado que su navegador le proponía una traducción instantánea.

En su primera búsqueda localizó los escritos de Ida Hofmann. Dejó los textos abiertos en diferentes ventanas de su computadora, como si el hallazgo pudiera desvanecerse al cerrarlas. ¿Quién fue esa mujer que, estando dentro del círculo de los monteveritanos, logró respetar su individualidad y dejar un registro de lo que estaban viviendo? Ida la escritora, la pareja de Henri, la pedagoga con alma de filósofa. Encontró tres textos suyos. A Verónica le intrigó, sobre todo, un panfleto titulado «Monte Verità. Verdad sin poesía», algo así como sus memorias. Ida relataba el encuentro con Henri y la amistad que, con el tiempo, empezó a confundirse con una forma algo aséptica de amor.

Abrió el documento con las notas preliminares de su investigación y escribió:

Ida y Henri se conocieron en el verano de 1899 en Austria, durante una estadía en el centro de naturopatía del médico suizo

Arnold Rikli. Posiblemente, un ambiente estilo *La montaña mágica*: habitaciones sobrias, camas simples y terrazas en las que los huéspedes-pacientes envueltos en mantas de lana podían tomar baños de aire y sol. ¿Era posible enamorarse entre controles de temperatura y discusiones con médicos y enfermeras? ¿Dónde se habrían cruzado por primera vez? ¿En el salón comedor durante las comidas compartidas? ¿O a la hora del té, mientras Ida interpretaba piezas de Schumann en el piano?

Ida no mencionaba ningún detalle romántico, pero sí le dedicaba varias líneas a un tema que la angustiaba. ¿Cómo garantizarse las condiciones materiales para pasar una vejez tranquila? Además de ser un joven idealista con algunos problemas de articulaciones y un malestar estomacal crónico, Henri tenía un capital. Y lo más importante: necesitaba compañeros de ruta. Ella podría ser su socia, la persona capaz de ayudarlo a concretar su sueño. Compartían una pasión y tenían un proyecto en común. ¿Necesitaban algo más? A juzgar por las cartas que se escribieron, el amor estuvo ahí. Solo que con formas más plásticas. Ida no quería un marido, pero podía aceptar una unión libre y un socio con capital. A cambio, ella se dedicaría en cuerpo y alma al proyecto. Su fuerza de voluntad y su capacidad de trabajo eran arrolladoras.

Mientras pensaba en la pareja de Ida y Henri, Verónica se preguntaba por las razones que conducían a dos personas al matrimonio. ¿Por qué, además de las posibles ventajas del orden familiar burgués o la promesa de una vida sentimental sin exabruptos, elegir a una única persona para compartir la vida? El cuadro que componían los juguetes de la bestia desperdigados sobre la alfombra no la ayudaba a resolver la cuestión. ¿En qué momento y, sobre todo, en qué condiciones mentales dos personas decidían sacrificar el espectro de los posibles amorosos y apostarlo todo a una única ficha? Seguramente muchos lo hicieran bajo el efecto narcótico del enamoramiento o en un rapto de optimismo. Otros lo harían para ponerle una pincelada emotiva a sus vidas rutinarias y poder pasar a cuestiones más trascendentes.

¿Qué la había llevado a ella, por ejemplo, a casarse? Y lo que era más curioso, a hacerlo con un extranjero, alguien que no compartía su lengua materna ni sus recuerdos de infancia. Recordaba un aforismo de Nietzsche en *Humano, demasiado humano*. El filósofo afirmaba que la pregunta que toda pareja debería hacerse antes de casarse era: ¿te imaginás conversando con esa persona hasta la vejez? Le causaba gracia pensar que, parafraseada así, la cuestión podría dar lugar a una nota de calidad altamente cuestionable de la revista *Cosmopolitan* o alguna de su especie. Pero *grosso modo* la idea era esa. El matrimonio como una larga conversación. Se notaba que Nietzsche nunca estuvo casado o en pareja, y ni hablar de tener hijos. En todo caso, la única mujer con quien quiso sostener una larga discusión rechazó varias veces sus propuestas de matrimonio. ¿Cómo habrá hecho la brillante Lou Andreas-Salomé para mantener una relación con él? Lou, la médium, la interlocutora que logró inspirar a los más grandes pensadores de su época; la escritora infatigable cuyos textos sobre la naturaleza femenina y el erotismo influenciaron a algunos de los monteveritanos; la psicoanalista aficionada con la que Freud mantuvo una correspondencia fogosa; la que tendió puentes entre filosofía, literatura y psicoanálisis; la mujer que encandiló a Rainer Maria Rilke y le movió el piso a Nietzsche. Como Franziska von Reventlow e Ida Hofmann, Lou Andreas-Salomé le huyó durante largos años al matrimonio. Ella buscaba una convivencia intelectual, alguna variante del amor libre o de la amistad que le permitiera compartir un «claustro del pensamiento». Aunque sus puntos de vista sobre el binarismo de género fueron ampliamente superados por las pensadoras feministas del siglo XX, su intensa búsqueda de libertad la transformó en una precursora de la lucha contra los mandatos patriarcales. Doblemente criticada como libertina y como célibe y frígida, Lou mantuvo discusiones con varios amantes y asumió sus contradicciones. No tuvo hijos, y se terminó casando solo a condición de no estar obligada a mantener relaciones sexuales con su pareja.

En el caso de Verónica, la larga conversación con Adrien había empezado más bien como un diálogo de sordos. Al principio, nada los unía más que la incomprensión. ¡Qué placer cuando, después de muchos esfuerzos de dicción lenta, lograban entender la idea detrás de una frase enigmática! «¿Tiene un hermano? No: quiere ir al cine». La magia de las palabras desconocidas. Obligarse a hacer frases cortas, articular y repetir una y otra vez. Sellar el pacto: nunca hacer trampa, no caer en la facilidad del inglés como idioma neutro. No necesitaban ser interesantes, mucho menos formular frases inteligentes. Esas lagunas lingüísticas llenaban los huecos de sus respectivas personalidades. ¿Qué estaría pensando? Seguramente no en lo que iban a comer esa noche. Alguien que hablaba un idioma tan hermoso debía forzosamente pensar cosas bellas. En ese momento no se decía que el francés era, solo en Francia, la lengua de sesenta y siete millones de personas, y que no todas podían pensar cosas bellas. Sobre todo, le parecía que Adrien tenía la sonrisa más querible del mundo, y eso endulzaba sus incongruencias.

La cuestión del casamiento no se planteó hasta unos años después. ¿En qué estado mental se encontraban al decidirlo? No lo tenía claro, pero recordaba las pesadillas recurrentes flotando en la vigilia como pájaros de mal agüero. Dado que no creía en los vaticinios, en el tarot ni en las estrellas, pero sí desconfiaba bastante de su psique, recurrió en aquella ocasión a una psicoanalista. No era la primera vez ni sería la última, pero, como solía hacer, esquivó magistralmente la duda que la llevaba a consultarla. Al cabo de un mes dejó de ir y decidió guiarse por su costado racional.

Fue aquel verano en que a la gente se le ocurrió salir a atrapar pokémones con sus teléfonos celulares. En ese contexto de exaltación adolescente, decidieron ir a rellenar los formularios necesarios para el matrimonio civil. En el camino, Adrien constató la presencia de un pokemon raro oculto en el jardín del ayuntamiento y negoció unos minutos de caza antes de subir al primer piso para cumplir con el papeleo. Fue una caminata ágil. Verónica llevaba la carpeta en su mochila y repasaba mentalmente el contenido de los documentos: certificado de celibato, antecedentes penales, actas de nacimiento y otros. Tenía todo listo desde hacía días, pero no podía evitar sentir que las cosas iban a salir mal. Automatismo que cualquier inmigrante conoce. Mientras tanto, Adrien se entusiasmaba con la batalla que le permitiría sumar un nuevo espécimen a su bestiario virtual. Con el pedido registrado, una fecha para la ceremonia y sin ningún pokemon capturado, volvieron a la casa silenciosos. Algunos meses más tarde, terminaron tomando envión y se decidieron a organizar una fiesta. Al fin y al cabo, ¿a quién no le da placer degustar caterings, llenar planillas de Excel con listas de invitados y mandar invitaciones? Así están algunos años más tarde, sin pesadillas y con el parqué lleno de migas: tirando.

Ahora, la idea de haber manipulado su inconsciente con la excusa de obtener los papeles que le permitirían residir legalmente en Francia la preocupaba un poco. ¿Debería haberlo pensado mejor? ¿Por qué había evitado hablar del tema con su psicoanalista? Probablemente más sensata, Ida Hofmann prefirió respetar su libertad y desistir del matrimonio. Alimentado por el pálido fuego de la hermandad intelectual, el vínculo que la unía con Henri no necesitaba papeles. Tenían un amor vegano, rico en fibras. Si ella y Adrien también se alimentaran de verduras y frutos secos, se evitarían sacar la vieja aspiradora tan seguido o fantasear con la compra derrochadora de una Dyson.

Ayer fue un día bueno. Avanzó con las notas de su investigación, que ahora relee:

Sin menospreciar la originalidad del proyecto, Ida y Henri fueron hijos de su tiempo. La Europa del oeste del 1900 era un caldo de cultivo perfecto para los espíritus idealistas que buscaban una tercera vía entre las barricadas y los salones burgueses. Muchos de esos aventureros se dirigieron hacia el bosque y el trabajo de la tierra, fuentes de una belleza simple y rústica, al alcance de todos. Los movimientos de la *Lebensreform* («reforma de la vida») o los jóvenes *Wandervögel* («aves errantes») fueron algunas de esas corrientes surgidas en reacción a la industrialización. Todas convergían en un ideal de retorno a la naturaleza y de celebración del cuerpo.

Entre las imágenes más representativas de aquel popurrí intelectual destacan los dibujos y pinturas de Hugo Höppener, alias Fidus. A pesar de ser un artista medianamente desconocido hoy en día, sus pinturas con hombres y mujeres desnudos saludando al sol resultan inquietantemente actuales. En muchos de sus cuadros aparecen enjambres de cuerpos juveniles y atléticos, en pleno éxtasis, dejándose absorber por una luz que los atrae desde el cielo y los eleva.

Verónica observa una de sus obras: los personajes desnudos se le figuran como un racimo de uvas en pleno proceso de ser abducido por un ovni. ¿Bajo los efectos de qué sustancias podía haber estado Fidus cuando compuso esos cuadros que hoy parecen postales de una Burning Man del futuro? Y todavía más enigmático: ¿en qué momento su ideal de cuerpos libres y exaltados se amalgamó con el proyecto del Tercer Reich? ¿Cómo se explica que alguien que hizo esos cuadros delirantes acabara seducido por un Hitler vegetariano? Sigue leyendo. En una de las páginas, al pie, se ha apuntado:

Indagar sobre el consumo recreativo de hongos alucinógenos y opiáceos a principios del siglo XX. Las lecturas recientes sugieren que, si durante la Segunda Guerra Mundial los soldados alemanes se comportaron como verdaderos superhombres henchidos de coraje y fervor patriótico, fue porque estaban atiborrados de metanfetaminas. A partir de 1938, un laboratorio alemán produjo en serie la pervitina, una píldora milagrosa que se adquiría en venta libre y sin receta en cualquier farmacia del Reich. El doctor Otto Ranke, que dirigía en la época el Instituto de Fisiología de Defensa, vio en esa nueva droga el mejor aliado para la *Blitzkrieg* con la que los alemanes pretendían doblegar a sus enemigos en el lapso de tiempo más corto posible. Los conductores de Panzers y los pilotos de aviones de combate la consumían en cantidades descomunales bajo la forma de barras de chocolate. Hasta el propio Hitler se había vuelto adicto a las metanfetaminas y los barbitúricos, que su médico personal le administraba en inyecciones cada vez más recurrentes. Los efectos secundarios de la pervitina no tardaron en hacer estragos entre los soldados yonquis: depresión, insomnio, paranoia, alucinaciones e incluso pérdida de los instintos básicos de supervivencia. Con el paso del tiempo, los soldados dejaban de comer, hidratarse y dormir. A fuerza de sentirse invencibles terminaban exponiéndose a situaciones extremas. Otras fuentes afirman que los alemanes ya habían experimentado con el consumo de metanfetaminas durante la Primera Guerra Mundial.

¿Y el LSD?, se pregunta Verónica. Esa historia tendrá que esperar hasta los inicios de la Guerra Fría. En todo caso, no estuvo de moda antes de 1950. Lo único seguro es que Fidus no pudo haberlo consumido. A lo sumo hongos, opiáceos o algún derivado de las metanfetaminas patrióticas.

Mientras busca más datos sobre Fidus, encuentra un retrato del Führer hecho por aquel en 1941. La pintura, que fue censurada por Hitler como un claro ejemplo de «arte degenerado», lo muestra de perfil, con la vista orientada al cielo, el puño izquierdo crispado sobre el pecho y las alas de un águila como telón de fondo. Después de asistir a un continuo y humillante rechazo de sus intentos por oficializar su rol de pintor-escultor de templos nazis, Fidus se consoló con una humilde renta estatal. Sus últimos días se los pasó vendiendo retratos de Lenin y Stalin a las autoridades soviéticas a cambio de comida y de tickets de racionamiento. Vuelve a sus notas:

Los fundadores de Monte Verità querían huir del desquicio de las ciudades, construir cabañas en el bosque, vivir en un entorno más «real». Se proponían, ni más ni menos, una revolución de la vida cotidiana. Una rebelión que partía del autoexamen de conciencia y que recomendaba empezar por casa antes de salir a cambiar el mundo. Los principios eran simples y extremadamente vanguardistas. No a la carne, cosecha de alimentos naturales, actividad física y búsqueda de autosustentabilidad. Nada que hoy en día resulte asombroso si se piensa que cada vez más gente paga fortunas por ese tipo de retiros en la naturaleza.

A pesar del idilio inicial, las divergencias entre los fundadores no tardaron en explotar. Pragmáticos, Ida y Henri aspiraban a que la colonia se mantuviera gracias a los ingresos del sanatorio. En el extremo opuesto, los hermanos Gräser y otros miembros de sensibilidad anarquista se oponían a cualquier actividad económica. Otro punto de fricción fue el rol de las mujeres en la comunidad. Divididas entre el deseo de ser madres y el de brillar en otros ámbitos del espíritu, los bandos se opusieron. Ninguno tenía una respuesta para el problema no menor de qué hacer con los niños nacidos de la tan defendida libertad sexual. Los varones veían la educación de los retoños como una afrenta a sus ideales, una actividad que debía ser convenientemente adjudicada al ámbito femenino. Así es que muchas de las mujeres del grupo terminaron mal, aplastadas por el peso del trabajo doméstico y las penurias económicas.

Pero antes, mucho antes de que las papas quemaran y las peleas amenazaran con hacer volar por el aire los cimientos de las cabañas de «aire y luz», había que fundar la comunidad. Y para eso había que elegir un lugar.

Verónica piensa en las discusiones entre Ida, Henri y los otros al momento de decidir dónde instalar los cimientos de su utopía. Se los imagina como turistas exigentes escrutando con lupa los numerosos criterios que debería cumplir el lugar ideal. Presiente las largas sobremesas acerca del clima y el paisaje, las dudas sobre la idiosincrasia de los vecinos o la calidad de la comida local. «Paren, paren: ¿hay mercados con productos locales?», preguntará hoy algún amigo hípster e insensible al *bullying*. ¿Habrán calculado los pioneros cuántos minutos a pie separarían sus casas del lago? Sea como sea, en la historia de los imaginarios, el sur suele encarnar los deseos y los sueños de la gente del norte. Ellos, los pensadores, los hábiles constructores de castillos de arena discursivos, sueñan también con temperaturas cálidas, tierras fértiles y chapuzones en el agua fresca.

A medida que lee y relee sus escritos, entra en la piel de Ida Hofmann. Ida explica que, durante su primer viaje a Ascona, viaja con Lotte Hattemer. Las dos están listas para abandonar la ciudad y sumarse al equipo de los pioneros. Ida describe las orillas de un lago situado al norte de Italia y una pequeña trattoria en la que las dos amigas descansan antes de recorrer la región. Sabe que la única manera de encontrar el lugar perfecto es vagabundeando, visitando a pie cada recodo de esas montañas. Pero dos mujeres viajando solas y averiguando detalles sobre las propiedades en venta no iban a pasar desapercibidas.

Ida y Lotte parten en dirección a Lugano y el lago Mayor mientras Karl Gräser y su hermano Gusto recorren la zona sur del lago de Como y Milán. Durante ese tiempo, Henri está instalado en Cadenabbia, un pueblito de Lombardía que ya había sido residencia secundaria de escritores como Mary Shelley o Arthur Schnitzler. Las mujeres llevan las de ganar. Ellas van a explorar una región en la que las palabras no han sedimentado todavía, un espacio virgen de mitos y leyendas. El terreno propicio para plantar la semilla de la verdad.

Desde el comienzo, Ida describe un viaje marcado por la aventura. Bajo una lluvia torrencial y con sus morrales cargados, las dos se lanzan a explorar los alrededores. Verónica duda. ¿Quién visita una región desconocida mientras diluvia? Sigue leyendo. La noche está por caer cuando llegan a Madonna del Piano, un pequeño pueblo cercano a la estación de Porlezza. Buscan hospedaje en una posada. En la taberna, alrededor de la chimenea, un grupo de obreros come polenta acompañada de vino tinto. A pesar de las miradas maliciosas, la propietaria las recibe bien. Ida y Lotte comparten un cuarto con cama doble. Por la mañana saldrán hacia Lugano. Al otro día, mientras caminan rumbo a Agno, ya de noche y bajo la lluvia, las puertas de las posadas se cierran una tras otra. Nadie quiere aceptar a dos mujeres solas. Después de mucho andar, y casi por milagro, encuentran un lugar con dos cuartos disponibles. El propietario les exige lavarse los pies antes de meterse en la cama. Verónica sonríe, pensando que al menos no les pidieron que lavaran los de algún otro viajero y que los secaran con sus cabellos.

Por la mañana, el clima de desconfianza aumenta. Hombres y mujeres las escrutan de pies a cabeza y no se privan de comentarios groseros. Incluso varios desconocidos se les acercan para interrogarlas: «¿De dónde vienen?, ¿son extranjeras?, ¿viajan solas?, ¿con qué motivo?». Indignadas, Ida y Lotte intentan hacer oídos sordos. Pero la resistencia pasiva no resulta exitosa. Un desconocido les arrebata sus pasaportes. De repente, dos oficiales las rodean y amenazan con detenerlas. Ida explica la mezcla de miedo, indignación e impotencia que se apoderó de ellas hasta que una empleada de correo francófona se acercó y, tras varios *mesdames* y *de grâce*, las ayudó a zafarse del peligro.

Pronto las nubes se disipan. Las viajeras tienen los pies azules de frío y las pantorrillas llenas de moretones y raspones, pero el reencuentro con Henri las llena de buenos presentimientos. A partir de ahora caminarán juntos rumbo a Ascona, donde los esperan los hermanos Gräser. Allí, les asegura Henri, el pelo largo y las vestimentas holgadas no levantarán sospechas. Otras pensiones vegetarianas existen ya a orillas del lago Mayor. Durante la primera noche en el lugar, los tres se quedan en casa de un riberano. La velada transcurre en un clima agradable, entre charlas y canciones de los más pequeños de la familia alrededor del fuego. En Ascona, el destino les sonríe. Los amigos encuentran un terreno en venta: una hectárea y media de tierra sobre una imponente colina a orillas del lago.

Verónica se siente feliz. En tan solo unos días, ella también podrá caminar por esas colinas. Dado el caos actual de su vida, la idea de huir como una ladrona no le disgusta. Sin tener que mentir, logró mantener los motivos de su viaje relativamente secretos. Le dijo a Adrien que iba a investigar sobre una colonia protohippie de inicios del 1900, un tema para un futuro libro, y que aprovecharía para tomarse unos días de descanso en Ascona con Josefina y Diana, sus dos grandes amigas de la época de facultad. A diferencia de Lucía —una amistad de sus años parisinos—, su relación con Diana y Jo tenía más de quince años. Se habían conocido en los pasillos de la Universidad de Buenos Aires gracias a una amiga en común y, por circunstancias felices de la vida, las tres se encontraban desde hacía algún tiempo en Europa. Jo, hija de madre argentina y de padre español, se había criado en Málaga y llevaba toda su vida adulta trabajando entre Madrid y Lausana. Ella y Diana eran dos porteñas migrantes egresadas de la Facultad de Filosofía y Letras. Durante años, fueron sus únicas amigas de este lado del charco, las únicas a las que podría haber llamado para enfrentar una apendicitis o hacer desaparecer un cadáver. Y como todo exiliado sabe, eso no es poco.

Apenas obtuvo el acuerdo reacio de su marido, llamó a Josefina y Diana. Quería que la acompañaran a descubrir su utopía suiza. El plan no era del todo descabellado. Ascona quedaba relativamente cerca de Lausana, donde vivía Jo, y no demasiado lejos de Milán, un destino accesible en avión para Diana, que vivía en Barcelona. En parte por inercia y en parte porque conocían sus argucias y su insistencia, sus amigas aceptaron ir con ella. Ni lenta ni perezosa creó un grupo de WhatsApp y las inundó con títulos marketineros de fuentes dudosas: «Monte Verità: los hippies veganos del 1900» o «Poliamor, orgías y consumo de drogas». En una de las fotos en blanco y negro que les mandó se veía una ronda con tres hombres y tres mujeres tomados de las manos. Llevaban las clásicas vestimentas «reformadas» en colores claros e iban descalzos. Los hombres tenían el pelo largo. El personaje ubicado en el extremo izquierdo de la foto era, sin lugar a dudas, Henri Oedenkoven. Para insistir en el capital turístico del destino, sumó también algunas publicidades con cascadas de un verde turquesa y restaurantes de colores que bordeaban un lago apacible. «Visite las Maldivas suizas», decía un folleto. Otro vendía Ascona como «la Saint-Tropez del Tesino». Sus amigas se burlaban de ella. «Igualito a Córdoba», le decía con sorna Diana. «El agua debe estar a menos cinco grados —embestía Jo, y agregaba—: Y de la fiesta nos vamos olvidando. Que para los suizos cenar pasadas las ocho es ya toda una aventura».

Pasó el resto del lluvioso invierno fantaseando con el viaje. Imaginaba la soledad de su paso por las bibliotecas ritmada por las comidas compartidas, las charlas y los vagabundeos sin horarios. Una parada en los archivos departamentales de Bellinzona y otra en los de la Fundación de Monte Verità le alcanzarían para justificar la utilidad del viaje a la vista de Adrien. Saboreaba por adelantado la libertad y la calidez que se desprenden de las familias sin lazos de sangre, las que se eligen en la juventud y, por lo general, no resisten el paso del tiempo.

Trajes de baño: 2. Pull: 1. Buzo con capucha: 1. Calzado: 3; zapatillas de caminar, un par de sandalias y unas Birkenstock pla-
yeras. Jeans: 2. Remeras: 6. Vestidos: 2. Ropa interior. Pijama.
Neceser de baño. Lona. Libros: 3. Una novela francesa que lleva
por título *Todo un mundo lejano* y cuya protagonista es descendiente de los monteveritanos, un policial italiano en torno a una
mujer asesinada en Ascona y un ensayo de Kaj Noschis que viene
sirviéndole de guía en su proyecto de investigación. Además, y
dado que piensa aprovechar el viaje para internarse en las montañas, su equipaje incluye protector solar, gorra con visera y cu-
ritas para las lastimaduras de los pies.

Los diversos ítems están desplegados sobre la cama. Mañana
temprano saldrá en dirección a Lausana. Planea dejar la valija
preparada y casi cerrada en el salón. Va a cambiarse en silencio,
a oscuras o apenas iluminada por la luz de su celular. Lo mejor
sería ni siquiera tomar un café, no abrir los armarios de la cocina
ni la heladera. Nada que pueda perturbar el sueño frágil de la
bestia. Agarrar sus cosas y cerrar la puerta de la casa con una delicadeza de geisha. Mejor tomar el desayuno en la estación de trenes o directamente instalada en el vagón bar.

Mientras repasaba mentalmente su lista de viaje, intentó despedirse de Adrien.

—Va a ser menos de una semana. ¿Podrás arreglarte? Nico tiene guardería hasta las seis y el fin de semana podés ver con tu mamá. Tal vez puede ir a dormir a su casa.

Adrien parecía malhumorado.

—Ya arreglé con Matthieu y Julie —le respondió con el clásico tono pasivo agresivo que ella reconocía a una legua—. No voy a dejar a Nico en la guardería toda la semana de vacaciones.

Verónica sabía bien que, adelantándose ya al futuro ritmo del colegio primario, la guardería solía vaciarse durante la semana de receso escolar. Por lo general, iban solo los tres o cuatro bebés que todavía no tenían hermanos y cuyos padres no habían logrado armarles un mejor plan.

—Les prometí que íbamos a ir los tres, pero si vos no podés, iremos Nico y yo.

Verónica olía el humo de la pelea y hacía intrincados cálculos mentales para evitar tener que salir a apagar el fuego. Adrien llevaba semanas insistiendo con el viaje a Ariège y ella se había hecho sistemáticamente la idiota. La idea de visitar el lugar, ver la parcela de terreno libre, tal vez pedir un crédito y comprarla, le daba pavor. Él se ilusionaba cada vez más con las ventajas de empezar una nueva vida en el sur. Invocaba las razones que ella sabía de memoria: su desempleo inminente, lo caro de la vida en París, la falta de espacios verdes, el invierno gris e interminable. Vivir a los pies de los Pirineos le parecía un hallazgo. Esas eran las nuevas coordenadas de su utopía.

—No entiendo —insistió—. Desde que llegaste a París te la pasás quejándote de lo difícil que es la vida acá. Ahora te vas a investigar sobre una colonia de vegetarianos en las montañas suizas... ¿pero no te interesa ir al lugar que podría cambiarnos la vida?

Era cierto que su resistencia resultaba, por lo menos, curiosa. Aunque trataba de justificarse, sus respuestas le sonaban a excusas.

—Lo que pasa es que ese es tu sueño, no el mío —le dijo—. ¿Me ves levantándome de madrugada para trabajar en una huerta? ¿O esperándote a la noche con pan casero?

Retomando la metáfora de Lucía, la foto con la que Adrien quería empapelar la casa tenía un inquietante estilo familia Ingalls. Esa propuesta la angustiaba, pero no lograba explicar cabalmente por qué. Incluso el esfuerzo virtuoso de integrarse en la colectividad del ecopueblo la paralizaba. Por algún motivo, en los últimos días pensaba cada vez más en el proyecto de Lucía. «Las verdaderas mujeres del campo tienen personal doméstico y no comparten la cama», le había dicho con malicia su amiga cuando le habló del nuevo plan de Adrien.

El tren avanza hacia el sur acortando la distancia que separa París de Lausana. Al principio la vista es verde y trivial. Pasto sobre pasto y algunas casas bajas, cables de alta tensión, pequeñas colinas, unos puñados de árboles. Pero al cabo de algunas horas el terreno empieza a ondularse. Cada tanto, bordean lagos interminables de un azul oscuro. Las localidades que atraviesan tienen nombres suizos que por alguna dislexia de su imaginario se le figuran con ecos escandinavos: Brütellen, Ipsach, Olten. Busca alguna señal de que Italia ya no está tan lejos. Por el momento, le toca ser paciente. No detecta ni un rayo de sol, nada que le haga presentir que se dirige al sur. Consulta la hora: ¿cuándo llegará a su utopía suiza? El altoparlante anuncia que el vagón bar ya está abierto, pero la enumeración de platos insípidos le saca el hambre.

Son las doce. En apenas unas horas llegará a Lausana. Al día siguiente saldrán con Josefina en dirección a Locarno, donde se encontrarán con Diana. El destino final es Ascona. Más precisamente, Monte Verità, el lugar donde Mary Wigman compuso su «Danza de la bruja». «Bienvenido al Tesino, tierra de contrastes», había leído en una publicidad. Su mirada se pierde entre las parcelas de bosque que empiezan a surgir por la ventana. Disfruta de su libertad. Es la primera vez que deja a Nico tanto tiempo y, aunque le cueste reconocerlo, no se siente culpable. Adrien ya se había tomado algunos días de vacaciones con sus amigos. Hicieron kayak y durmieron alguna noche en carpa. Recuerda la foto que le mandó: un grupo masculino en un barquito estilo canoa, con las caras camufladas debajo de impermeables, remando en medio de la lluvia con un cielo amenazante de fondo. El invierno pospandémico fue, de lejos, el peor de la última década. Lluvia y más lluvia. Agua cayendo sin parar, como si el clima quisiera arruinarles la vida encarnizadamente.

Aprovechando el considerable tiempo libre que le deja su trabajo en la universidad, se comprometió a organizar el viaje. Al principio, esa libertad le parecía una invitación a la creatividad, el trabajo perfecto para liberarse de las horas de transporte, el interminable llenado de planillas y las pilas de exámenes que acechan al profesor de colegio secundario. Los reportes de inspección, las clases abarrotadas de alumnos y un sueldo nada atractivo fueron las causas que la llevaron a renunciar a su puesto de profesora de Educación Artística en Buenos Aires para seguir sus estudios en Francia. Ahora, un doctorado, un marido y un bebé más tarde, esas playas de tiempo vacío la carcomen de culpa. Después de varios años de ocupar puestos universitarios esporádicos, salpicados de periodos en los que el Estado francés le adjudica un magro seguro de desempleo, la desesperanza la va ganando. La siente entrar en su cuerpo como esos chifletes que se cuelan por las puertas y ventanas en invierno. Los orificios y las aberturas son imperceptibles a la vista, pero el aire helado entra y zarandea toda la casa.

Mientras el tren sigue su recorrido, se pregunta cómo fue que el desaliento logró afianzarse tan sigilosamente en ella. Piensa en lo bien que aprendió a sonreírle con hipocresía a su marido cuando él le repite que todo es cuestión de tiempo, que no tiene que entrar en pánico ni deprimirse. «Tenés que hacerte ver, trabajar tus contactos, abrirte una cuenta de LinkedIn, mostrarte segura», suelen decirle sus amigos con variaciones más o menos sutiles. Pero, con el tiempo, los consejos «buena onda» se fueron volviendo más exigentes. «Podrías tomar clases de dicción. Se nota que no es mala voluntad de tu parte, pero ese acento no te va a ayudar», le sugirió una vez su cuñada, inaugurando una guerra fría de hermanas políticas. En ese momento se imaginó como Eliza Doolittle, la heroína de *My Fair Lady*, repitiendo frases trabalenguas, franqueando las fronteras invisibles que se levantaban contra sus pretensiones laborales a fuerza de ejercicios fonéticos y complejos movimientos de mandíbula.

Sin cuestionar su capacidad para conseguir un trabajo más estable ni pulir su acento, Diana y Jo decidieron sumarse a su huida en el tiempo. Seis días de vacaciones en la Suiza italiana y dos de hospedaje gratuito en la Fundación de Monte Verità. Si existe un dios del regreso a la naturaleza, su espíritu iluminó a Verónica y la llevó a mandarle un mail a la directora de programación cultural de la fundación. El mensaje era corto y mencionaba algunos detalles vagos y grandilocuentes sobre un proyecto «transmedia», inspirado en las fundadoras de Monte Verità. Es cierto que, como buena académica, tenía el don de vender proyectos inexistentes. Básicamente, le pedía que les dieran, a ella y a sus dos «colegas artistas», alojamiento gratuito en el hotel.

Al cabo de unos días, una amable mujer llamada Nicoletta le respondió que no preveían residencias artísticas pero que, excepcionalmente, podían alojarlas dos noches en la fundación si rellenaba un formulario especificando los detalles del proyecto. Si deseaban quedarse más tiempo, podían ofrecerles una cortesía comercial en el mismo cuarto en base triple. Verónica se apuró a responderle que se quedarían cuatro noches. Diana y Jo no podían creerlo: su mitomanía daba frutos. Solo faltaba buscar hospedaje para los días restantes y reservar un billete de tren París-Lausana-Locarno.

El tren atraviesa ahora una zona boscosa. ¿Toda utopía está destinada al fracaso?, se pregunta Verónica. Aunque la decepción asoma como un horizonte ineludible, los monteveritanos tenían el mérito de haberlo intentado. Si pudiera retroceder en el tiempo y reconstruir en detalle la línea cronológica, intentaría detectar el momento en el que las buenas intenciones empezaron a irse al tacho. Los dos preceptos de la comunidad eran la libertad y la verdad. Una sonrisa leve atraviesa sus labios cuando piensa en esas palabras. Para ser gente que aspiraba a una vida simple, no podrían haber elegido dos términos más confusos.

Como tiene todavía una hora de viaje por delante, busca en un diccionario en línea el significado de «libertad». Lee: «Facultad natural que tiene el hombre de obrar de una manera o de otra, y de no obrar, por lo que es responsable de sus actos». Esta primera definición le plantea ya varios problemas. ¿Cómo exigirles responsabilidad a unos jóvenes que se proponían testear modelos sociales alternativos? Monte Verità era un laboratorio, y cada miembro de la comunidad se transformó en un sujeto de experimentación. Sin preocuparse por cuestiones deontológicas, decidieron que la responsabilidad no sería el límite de sus exploraciones. El inconveniente es que no todos los cobayos tenían la misma resiliencia. Muchos, incluso, no recordaban haber dado su consentimiento. Justamente, uno de los grandes campos de ensayo tenía que ver con las pulsiones. ¿Qué hacer con ellas? ¿Civilizarlas, liberarlas, sublimarlas? «¡Liberarlas!», dirían Otto Gross y Erich Mühsam al unísono, como buenos alumnos. «Seamos sensatos: sublimemos», los llamaría seguramente al orden Ida Hofmann. Por supuesto, como la civilización no se sostiene sin la represión de los instintos, las cosas se fueron desmadrando.

Entre el combo de teorías ligadas a la defendida emancipación sexual se incluían el amor libre, las parejas abiertas y las terapias orgiásticas. Viendo el vaso a mitad lleno: las mujeres se reconectarían con su sexualidad rompiendo el yugo del traicionero «virgen o puta». Viendo el vaso a mitad vacío: los hombres seguirían tratando a la mujer como un objeto de consumo sexual y reproductivo. Hasta que llegaban los vástagos, por lo general indeseados, cada pareja hacía de su amor un huerto de permacultura. ¿Qué pasa si colocamos unos injertos de bisexualidad por acá, cerca del cantero con los deseos homosexuales? ¿Mejorarán los opiáceos el sabor de los tomates? ¿Qué curiosos brotes surgen del cruce entre mi mujer y mi mejor amigo?

No se puede negar que algunas experiencias se les fueron de las manos. El sexo terapéutico que el psicoanalista Otto Gross no dudaba en prescribir y facilitar a sus pacientes como parte de sus tratamientos no obtuvo, por ejemplo, un acuerdo unánime. Otro problema surgió cuando Gross invirtió el principio del *microdosing* por el de *macrodosing* y terminó implicado en el suicidio o en la muerte por envenenamiento de Lotte Hattemer y de la pintora Sophie Benz. Como si no estuviera ya suficientemente complicado, sus estudios sobre la liberación sexual femenina chocaron con la profunda misoginia de sus amigos anarquistas y libertarios. «Cave mulierem!», le advertía el poeta Mühsam, preocupado de que las chicas quisieran formar parte de las futuras instituciones anarquistas.

El principio del matriarcado primitivo, en una sociedad que no conocía métodos contraceptivos y en la que las mujeres no podían disponer de su propio dinero, tampoco resultaba convincente. A la espera de que el Estado se hiciera cargo de los niños, las mujeres tenían que ocuparse de esos frutos del amor libre. Poco a poco, muchas quedaron sepultadas bajo las cargas domésticas. No le extraña que, frente a esa caja de Pandora de posibilidades, muchas jóvenes se internaran en las montañas y no volvieran a aparecer.

No se puede olvidar tampoco que, entre la utopía de vuelta a una edad de oro y el nacimiento de la contracultura que inspiró a los *flower children*, se gestó el nazismo. Los detractores de Monte Verità siempre encontraban una excusa para sacar a flote el tema. De la idealización del pasado al arraigo antisemita y al racismo; del culto a la madre tierra a la búsqueda de pureza en las raíces germánicas; de los cuerpos sanos y libres al apego orgánico a un líder viril, no hay más que un pequeño salto. Ya sea que se los considere ecológicos y pacifistas, feministas, anarquistas, contraculturales o predecesores de los nazis, lo cierto es que los monteveritanos fueron revolucionarios.

Mejor no reflexionar sobre la idea de «verdad», piensa, presa de un repentino cansancio prospectivo. Su espalda se hunde en el asiento. Cierra los ojos y se deja mecer por el vaivén del tren. «Che, Verónica, ¡pero qué pesimismo!», le diría tal vez su exdirector de tesis, que amaba parodiar su acento argentino. «Bueno, es cierto que también hubo lindos momentos», se excusaría probablemente ella. Los primeros tiempos de la relación entre Henri e Ida, sin ir más lejos. ¡Qué fuerza y qué convicción deben haber sido necesarios para sacar a flote el sanatorio y la escuela de vida y danza! Trabajaban como perros. Redactaron los estatutos de la comunidad y construyeron con sus propias manos los pabellones de las cabañas. El resto del tiempo preparaban la tierra y sembraban los huertos. Después de diez o doce horas de trabajo, estaban molidos y eran felices. Hacia 1902, Ida escribió sus primeros panfletos feministas. Más tarde, cuando el sanatorio empezó a funcionar con cierta autonomía, viajaron por Europa con la alegría de los que tenían un lugar al que volver.

Todo iba bien hasta la aparición de Marie Adler, una joven de origen ruso que visitó la comunidad en 1907. Después de una aventura de una noche, Henri le ofreció una parcela de la propiedad. Con la escritura en mano, Marie puso fin a la efímera relación y mandó construir un hotel de cinco pisos. Desde 1909, el hotel Semiramis se hizo conocido como el pequeño rascacielos del Tesino. Desde su torre-terraza, los visitantes observaban a los nudistas de Monte Verità. Ida no tuvo ni siquiera que esbozar una sonrisa irónica. El oprobio se inscribió en la frente de su compañero. Pero el final de su unión libre no se produjo hasta 1914, con la llegada a la colonia de Isabelle Adderley. Henri decidió casarse con esa inglesa que se convertiría en la madre de sus tres hijos. Lo extraño es que su unión con la «otra» no alcanzó para romper completamente el vínculo con Ida. Incluso después de la venta de Monte Verità, ella viaja con la nueva familia a España, como un pariente lejano o una dama de compañía. Más tarde irá con ellos a Brasil, donde fundan la colonia Montesol.

La situación de Karl Gräser y Jenny Hofmann era más problemática. La pareja vivía en una casa minúscula y sin comodidades. No tenían agua ni electricidad. Se alimentaban de frutas e iluminaban el lugar con velas. Sus muebles estaban hechos con ramas de árboles. Jenny se ocupaba de subir el agua hasta la casa y de todas las otras tareas. Querían un hijo, pero sufrieron varios abortos. Durante las noches más frías, la hermana menor buscaba refugio en la casa de Ida. Verónica la imaginaba subiendo la colina en busca de un plato de comida caliente. El duro invierno de 1908 marcó el inicio del fin. Fiel a la idea de despojarse de toda pertenencia material para vivir en libertad, Karl renunció a su parte de la herencia familiar. Desafiando la nieve y los ideales de su pareja, Jenny subió a la casa de su hermana para pedirle dinero prestado. Estaba embarazada, pero, como las veces anteriores, el hijo no sobrevivió. Al inicio de la primavera, los dos abandonaron la colina. Karl intentó montar un negocio de vino natural en Ascona, pero el proyecto fracasó. Jenny pasó el resto de sus días en un hospital psiquiátrico y Karl tuvo que transitar solo su derrota.

Todavía más precaria era la situación de Gusto Gräser y Elisabeth Dörr, su compañera a partir de 1905. ¿Cómo se adaptó el profeta de pies descalzos y predicador de un «comunismo del corazón» a una vida de *pater familias*? Su ideal de una existencia sin riquezas, de una comunidad autárquica basada en la generosidad y el trueque, chocaba con las obligaciones de criar hijos. Cuando se conocieron, Elisabeth era ya una viuda a cargo de cinco niños. Juntos tendrían todavía tres más. Por lo general, Gusto dormía en una caverna, al aire libre o en cabañas vacías que ocupaba sin pedir el consentimiento de sus propietarios.

La pareja y sus ocho hijos vivían en un estado que rayaba en la indigencia. Ambos inspiraron a Hermann Hesse para darles vida a los personajes de Demian y de frau Eva. Hesse, que se había enamorado un poco de Elisabeth, la describió como una madre universal, una especie de encarnación de la diosa Gea. Verónica recordaba una foto suya en la que aparecía amamantando a uno de sus bebés. Sonriente, con una corona de flores en el pelo y una larga túnica blanca, le parecía un ideal de belleza y de maternidad sacrificada. Cuando se inició la guerra en 1914, Gusto se opuso a enlistarse en el ejército. Dos veces fue a parar a la cárcel. La segunda escapó de una condena a muerte *in extremis* gracias a la llegada de su mujer y de una de sus hijas pequeñas, que lograron quebrar con sus súplicas el veredicto. En algún momento, Elisabeth recibió la herencia de su antiguo esposo, fallecido en un accidente de montaña y cuyo cuerpo nunca había sido localizado. Esa herencia fue sinónimo de libertad y marcó el final de su historia con Gusto. Elisabeth se alejó de él para vivir una vida tranquila y sedentaria. Gusto no volvió a verla, ni tampoco a sus hijos.

Las vicisitudes de la historia quisieron que los que son considerados hoy como los cuatro profetas y visionarios de Monte Verità acabaran sus días en situaciones más o menos terribles o innobles. Otto Gross, que había pasado sus últimos años en condiciones de vida miserables, muere en Berlín como un vagabundo anónimo y es enterrado por error en un cementerio judío. El poeta Erich Mühsam es asesinado por los nazis, casi en la misma época en la que Rudolf von Laban le jura lealtad a Goebbels y se convierte en el futuro líder de la danza alemana. Al final de la Segunda Guerra Mundial, en 1945, Gusto Gräser aparece retratado en una fotografía que muestra las ruinas de Múnich. En esa última postal se ve a un Gusto con la ropa hecha harapos, vagando como un fantasma desorientado, pero fiel a sí mismo.

Verónica se pregunta qué habría pasado si, en vez de por los hombres, los historiadores se hubieran interesado algo más por las mujeres de Monte Verità. Al fin y al cabo, no habrán sido profetas, pero no les faltaba fibra de visionarias. ¿Qué habría pasado si la historia la hubieran contado Ida Hofmann, Mary Wigman o Lotte Hattemer?

Antes de llegar a Ascona tiene que encontrarse con Josefina. Un bus la conduce en un lento y penoso ascenso a través de las colinas de Lausana. En unos minutos debería llegar a la parada de Motte, a solo unas cuadras de la casa de Jo. La estación de trenes quedó abajo, junto al centro histórico y el lago, pero la perspectiva del bus subiendo en zigzag entre casas y edificios de apartamentos impide ver la cumbre. Vista desde ese plano, Lausana es una colina sin fin. Al bajar en Motte, unos cincuenta metros hacia arriba por la pendiente, vislumbra la figura menuda de Jo acompañada de una perrita minúscula como una bola de lana blanca. Trae un gran ramo de flores y le desea un feliz cumpleaños. ¡Verónica salió tan temprano que se olvidó de ese detalle! Su cumpleaños. Con el ramo entre las manos no logra arrastrar la valija, así que le pide a Jo que se lo sostenga. La casa está todavía unas decenas de metros cuesta arriba. En Lausana hay que subir o bajar: los planos rectos no forman parte de la geografía. Avanzan por las calles desiertas en un típico día de primavera. Jo vive en un barrio residencial donde los paseantes son, en su mayoría, ancianos y niños. Cada tanto se cruzan con alguien que empuja con parsimonia un cochecito o saca a pasear al perro.

El edificio de Jo no tiene ascensor, pero lo que sí hay, y sigue siendo una fuente de extrañamiento para Verónica, son unos armarios bajos con varios estantes de madera en los que los vecinos apilan sus zapatos, justo en el hall que precede a la entrada de los departamentos. Valga la aclaración: no el par de zapatos que planean ponerse ese día, sino *todos* sus zapatos, zapatillas, sandalias y otros. En el primer mundo, el calzado tiene cama afuera.

Se descalzan, sumando dos pares de zapatillas al banquito-armario, y entran. En los últimos diez años conoció varias casas de su amiga. Incluida esta, todas le dieron la impresión de lugares de paso, como si la mudanza estuviera aún en curso o ella no se decidiera a instalarse definitivamente. Las cajas de cartón, siempre a medio abrir, colonizan las diferentes habitaciones y se trasladan intactas en cada mudanza. El piso de Lausana da sobre una calle no muy transitada y es luminoso. También allí la ropa se sigue acumulando sobre los muebles. El salón está dispuesto como un despacho, y la perrita hace una pirueta saltarina que le permite instalarse cómodamente entre los almohadones del sofá. Una computadora ocupa la mesa.

Jo le muestra el que va a ser su cuarto por esa noche. Ella deja su valija, pone el ramo en un florero y se prepara para salir a visitar la ciudad. Por suerte, el camino es ahora en bajada. A medida que descienden el cerro que tanto le costaba subir al autobús, la tarde va pasando. Con mínimas variaciones en los amarillos y los anaranjados, la arquitectura es la misma que va a acompañarlas en los próximos días, durante el viaje al Tesino.

Atraviesan un parque lleno de flores y sueltan a la perrita, que gira en círculos alrededor de Jo, agradecida de poder correr libremente. La vista sobre el lago es espectacular y no hay ni un alma. Cookie sortea con destreza los peldaños de las decenas de escaleras y pasadizos por los que bajan hasta llegar al centro histórico. Ahí los edificios están pintados en gamas de color terracota. La catedral y algún que otro palacio conviven con las antiguas fachadas de comercios en los que puede leerse *Coiffure, Imprimerie, Meubles*. Esos viejos anuncios con el rubro de los locales dan cuenta de un mundo que ya no existe. Las calles de la zona más moderna y comercial son también de adoquines, y Verónica no logra reconocer ninguna de las marcas que ve en las vidrieras. Pasan por una feria de libros a cielo abierto, con puestos de chapa pintados de verde, similares a los de los libreros que se instalan a orillas del Sena. Siguen bajando en dirección al lago Leman y a los parques que lo bordean. Jo propone una pausa. Se sientan en un bar frente al lago y piden dos *spritz*. Jo amarra la correa de la perrita a la mesa. ¿Tenemos algún plan para la noche? Jo asiente, ya lo ha pensado todo. En Lausana hay que tener auto, le explica, justificando con esa máxima el anuncio de que su novio John va a pasar a buscarlas. Van a comer arriba. Hay un restaurante de *fondues* y *raclettes* que le va a gustar. Es como un chalet alpino.

John le cae bien al instante. Apenas subidas al auto, Jo aclara que su novio no maneja sin música tecno. El rubio pecoso al volante sonríe marcando con cabeza y hombros un rítmico bumbum. Es ingeniero y está trabajando en un proyecto para crear baterías capaces de abastecer de energía —sonido y luz— a un festival de música electrónica de hasta cinco mil personas. Verónica piensa en esos festivales estilo Lollapalooza o Burning Man a los que nunca tuvo la oportunidad de ir. El novio de Jo se le figura como un mesías *geek* de los amantes de las fiestas electrónicas en la naturaleza. En el auto tecno se habla en inglés. La pareja comenta detalles como los horarios de salida del día siguiente o la alimentación de la perrita, que quedará, por unos días, a cargo de John. Van directo al chalet alpino. Los suizos comen temprano y la *fondue* se encadena al té o al aperitivo.

Estacionan el auto y atraviesan un parque a pie. Al fondo, enmarcada por enormes plátanos y tilos, se adivina la cabañamadre del queso fundido. Entran empujando un portón y se sientan en el lugar que tiene la mejor vista. Las mesas y los bancos están hechos de una madera pesada que le recuerda las áreas de pícnics de ciertas reservas naturales. Por encima de sus cabezas, una guirnalda de luces amarillas sobresale entre las hojas de los árboles.

—¿Qué te lleva al Tesino? —le pregunta John.

La mezcla de queso fundido y vino blanco la envalentona. Tantea la veta más susceptible de despertar su interés. Se tira un lance y pone todas las fichas sobre las sustancias alucinógenas con las que posiblemente experimentaron algunos de los monteveritanos. No se equivoca. Evidentemente, John no eligió trabajar sobre las baterías y los festivales de música electrónica por casualidad. El inglesito no solo resulta ser un parroquiano fiel de los más importantes festivales de música electrónica, sino también un adepto al LSD y las *pastis*. Verónica le cuenta lo poco que sabe del asunto. El otrora célebre psicoanalista Otto Gross habría introducido la cocaína, los opiáceos y otros derivados de la morfina como parte de sus terapias en el sanatorio de Monte Verità. Preocupados por mantener la calma y el orden en la comunidad, Ida y Henri no aprobaron sus tratamientos. Aprovechando el caos que se generó después de una orgía que él había organizado en el parque, los fundadores lo invitaron a partir. Por otro lado, el pintor *flower power* Fidus pasó un tiempo en Monte Verità. Aunque todavía no puede probarlo, está segura de que las imágenes delirantes de sus cuadros están ligadas al consumo de opiáceos o de hongos alucinógenos.

John lanza un lacónico *awesome* y les pregunta a las chicas si quieren llevar LSD para el viaje. Siempre tiene reservas. No vaya a ser que se improvise una fiesta electrónica y lo agarre desprevenido. Por lo general, guarda sus provisiones en un tarrito con vodka que conserva al fondo de la heladera. Jo está encantada con la idea. Por más que les avergüence reconocerlo, nunca han probado LSD y el viaje se anuncia como la ocasión ideal para un primer *trip* tardío. Verónica imagina ahora un clima algo menos *Montaña mágica*, con paseos alucinados en el bosque, baños en el lago y el espíritu de los monteveritanos flotando en el aire. ¿Qué más pueden pedir? No podría decir si es el efecto del vino o la modorra de la lenta digestión del queso, pero se siente ligera como un ave desplegando sus alas hacia la Montaña de la Verdad. Con el último sorbo que queda en sus copas, Jo propone un brindis en su honor.

—¡Feliz cumple! —le dice con cariño, mientras brindan por las utopías.

La luz entra por el cuarto sin cortinas ni postigos. Verónica empieza a dar vueltas y esconde la cabeza abajo de las sábanas. Si bien la luminosidad es leve, el contacto de los rayos del sol contra sus párpados le genera una impresión molesta. Saca una mano y tantea la mesa de luz improvisada sobre una caja de cartón hasta dar con su teléfono. Son las seis y cinco de la mañana. La casa está en silencio y se maldice por no haber pensado en traer un tapaojo. Cuando no la despierta Nico, son los insomnios o la luz. ¿En qué posición estará durmiendo la bestia? La imagen de su perfil aferrado a su conejito gris la inunda de ternura. Sin salir de la cama, abre la computadora para verificar algunos detalles de la visita a los archivos departamentales de Bellinzona al día siguiente. Alguien, tal vez un bibliotecario, respondió a su pedido de reservación de un puesto de lectura para consultar los archivos de Monte Verità. «Ignazio», firma su interlocutor.

A eso de las seis y media, sus amigos inician el lento proceso de amanecer. Del otro lado del pasillo empiezan a asomar los primeros ruidos de la mañana: susurros tibios, movimientos en cámara lenta hasta que alguien se decide a ir al baño mientras el otro enfila a la cocina y pone a funcionar la cafetera. No quiere interferir en esa intimidad. Se hunde todavía un poco más en el colchón y, para hacer algo, recorre el catálogo en PDF de más de cien páginas que le envió Ignazio. ¿Qué cajas debería consultar? ¿Estarán todas disponibles? La mayor parte de los libros están en alemán. Eso facilita la cuestión. Solo consultará los archivos fotográficos, las cajas que contengan imágenes y poco texto. Una brisa nostálgica se cuela entre las sábanas: ¡qué rápido olvidó las bases de alemán que con tanto esfuerzo había logrado adquirir durante su época de estudiante!

Unos golpecitos en la puerta cortan sus reflexiones. Jo le pregunta si durmió bien, si quiere desayunar. Le habla en un tono bajo y dulce que no reconoce. La convivencia le sienta bien. Todavía cansada, se obliga a vestirse y los encuentra en la cocina.

—¡Qué asco de pan, tía! —le dice Jo señalando una bolsa de supermercado todavía a mitad llena—. John no sabe seguir instrucciones. Siempre encuentra la manera de malinterpretar lo que le pido.

Su amiga abre un cajón y le indica que se acerque. Al interior hay varias bolsas con alimento para mascotas. Aunque Verónica no entiende cuál es el problema, Jo se horroriza: John compró kilos y kilos de comida de gato.

—Dice que es lo mismo, pero más barata —lanza Jo mirando con pena a la bolita de un blanco grisáceo que juguetea a sus pies.

—¿Hay café? —pregunta John entrando en la cocina. Jo le señala una taza verde a pintitas blancas ya dispuesta sobre la mesa—. *Want some melon?*

La pregunta de John la descoloca. Recién entiende a qué se refiere cuando lo ve sacar una cuchilla del cajón de los cubiertos y ponerse a cortar triángulos naranjas que va disponiendo en un tazón.

—*Awesome* —dice, después de probar un trozo.

La idea de desayunar melón no la convence, pero para no desairar al gurú, acepta un poco y aprovecha para recordarle el tema de las provisiones.

—*Of course* —dice John, y se dirige con paso rítmico hacia la heladera.

Después de mover varios tarros y envases, encuentra el frasquito con vodka. Quedan todavía ocho dosis, le explica mirándola con seriedad. Lo más simple es buscar un cuentagotas y tomar exactamente diez mililitros. Es el equivalente de un cuarto en su clásica versión cartón, dice arrimando el frasco sobre la mesa.

La despedida es breve. Quedan en llamar al chamán si llegan a tener dudas sobre el uso del LSD y se desean un buen fin de semana.

En el tren los asientos no están numerados, así que se contentan con el primer box de cuatro libre. Jo tiene que trabajar durante el trayecto. Verónica quiere aprovechar el viaje para poner cierto orden en el planning de la semana. Lo primero es dejar las valijas en el hotel, después podrán salir a recorrer el centro. Faltan todavía varias horas para llegar y su vista se pierde en el paisaje. Estira las piernas para desperezarse. No estaría mal pasarse la tarde al borde del lago. Diana debería llegar al hotel casi al mismo tiempo que ellas. Podrían llevar sus trajes de baño y las lonas, comprar unas cervezas y quedarse tiradas al sol el resto del día.

El paisaje desfila en destellos, como un film con un montaje tosco. Recuerda, algo preocupada, que sigue sin recibir noticias de Lucía y el gineceo pampeano. ¿Tendrá el coraje de llevarlo a cabo? La última vez que hablaron, su amiga le describió un misterioso diseño circular con el que pretendían resolver los problemas de abastecimiento. Estaban en pleno proceso de reflexión permacultural. Lucía le mandó incluso algunas fotos. El lugar parecía una típica estancia de campo de esas que florecen por la pampa. Paredes blancas y tejas azul petróleo. Bordeando la casona, unos amplios aleros con bancos, mesas y sillas para instalarse al aire libre y ver pasar el día a la sombra. La imagina montando a caballo o recorriendo a pie alguna de las áreas de su mandala vegetal.

Son las dos de la tarde y el tren acaba de llegar a Locarno. La estación es tan pequeña que los andenes parecen directamente conectados con la parada de buses. El hotel queda a diez minutos. Lo eligió por el precio, sin darse cuenta de que el trayecto que separa Locarno de Ascona, si bien son dos ciudades pequeñas, es demasiado largo como para hacerlo a pie. Así es que pasarán los primeros días un poco lejos de Monte Verità, en una habitación con tres camas y desayuno incluido. Al fin y al cabo, no está tan mal. Parar en Locarno le facilita el acceso a los archivos de Bellinzona, y la idea de visitar los alrededores de Ascona no le disgusta.

A medida que avanzan en dirección a Casa da Vinci, la influencia del sur se hace más patente. Los edificios siguen siendo de un amarillo anaranjado, pero la ropa expuesta en los locales es más colorinche. Las panaderías venden también *sfogliatelle*, unas masas rellenas con crema pastelera que encarnan la quintaesencia de lo italiano. El hotel tiene algo de conventillo: un pequeño patio cubierto que conecta las diferentes alas, poca luz natural, variedad de plantas, gente yendo y viniendo. Las habitaciones están dispuestas en los distintos pisos de la residencia, cada uno pintado de un color diferente. Mirando los dos llaveros que le dio el recepcionista para acceder a la habitación, Verónica comprueba que les tocó el tercero, el piso azul.

Apenas instaladas, Jo decide darse una ducha. Desde la cama y celular en mano, Verónica le avisa a Diana que ya están en el hotel. El sonido del agua de la ducha le produce un efecto soporífero. Luchando por no quedarse dormida, chequea la distancia a pie hasta un bar de playa: el Lake View. Las imágenes no son del todo prometedoras. El lugar parece, al menos, estar a salvo de las familias que seguramente inundan las playas del Lido con despliegue de papas fritas y todo el material plástico acarreado por los padres para que los niños construyan castillos de arena y los dejen en paz. Unos golpecitos en la puerta la sacan de su somnolencia. Diana está en el umbral de la habitación, bronceada y con la piel más joven de lo que recordaba.

—¡Qué bien te sienta Barcelona! —le dice mientras se abrazan.

—¿Y Jo? ¿Dónde está? —pregunta Diana inspeccionando la habitación de un vistazo.

—Dándose una ducha. Pensábamos llevarnos los trajes de baño y pasar la tarde en el lago. ¿Qué decís?

—Perfecto. ¡Cómo te extrañaba!

Cada cama tiene encima un juego de toallas y Diana se instala en la que tiene todavía un juego intacto de color verde. Jo sale de la ducha envuelta en un toallón naranja. Mientras conversan, Verónica hace su bolso y las alienta para que se pongan manos a la obra.

Después de bordear los contornos del Lido y esquivar una enorme área recreativa con piletas cubiertas, toboganes inflables y trampolines, llegan al Lake View. Para avanzar hasta el lago atraviesan el bar. Las mesas y sillas de plástico con logos de gaseosas desentonan con la alfombra roja puesta sobre la arena, que indica el camino hacia la playa. En las mesas, adultos y niños semidesnudos comen helados y granitas de limón. Al momento de pasar por la barra, Jo propone comprar ya mismo algo para tomar.

Son las tres y media y Verónica está tentada con la granita, pero sus certezas se desmoronan cuando ve que sus amigas piden, sin dudarlo, dos pintas de cerveza. Con las bebidas servidas en resistentes vasos plásticos, avanzan hasta el borde del lago y extienden sus lonas sobre el único rectángulo libre en la arena.

—¿Y cómo está Nico? ¿Lo extrañás? —pregunta Diana mientras se desabrocha el corpiño para poder cambiar de posición y tumbarse boca abajo.

—Extrañarlo extrañarlo, no diría.

—No te preocupes, seguro se la va a pasar genial con Adrien —dice Jo.

Apenas piensa en la bestia la invade una sensación incómoda, mezcla de culpa por no extrañarlo más y de temor de que se olvide de ella y Adrien se vuelva su progenitor preferido. Sobre todo, se pregunta de dónde viene la felicidad adolescente que la invade desde que puso un pie en el tren para Lausana. Por suerte, sus amigas cambian de tema y se ponen a discutir sobre los pros y los contras de tener hijos. Es como si hubieran abierto un Excel mental y pudieran enumerar en detalle y por orden de gravedad los múltiples puntos de vista y ángulos que se deben considerar. Cuestiones económicas, pérdida de autonomía, futuros problemas conyugales, licencia por maternidad e incluso tipos de guarderías y, más tarde, de colegios y universidades disponibles. Cada rúbrica parece minuciosamente estudiada. ¿Tenía ella tan en claro esos asuntos antes de quedar embarazada?

El sonido de una llamada la saca de sus pensamientos. En la pantalla aparece el número de Adrien. Se ilusiona con la idea de escuchar los balbuceos de Nico. Están ya en los Pirineos, disfrutando de la increíble vida de Matthieu y Julie. Fueron en tren hasta el valle de la Lèze, en la frontera entre Francia y Andorra. El viaje fue interminable. Nico no aguantó mucho tiempo sentado y se la pasó recorriendo a los tumbos los vagones del tren. No se cansó de saludar a desconocidos ni de llevarse a la boca todas las porquerías que encontró en los pasillos. El tramo final lo hicieron en un auto de alquiler y fue un infierno. Agotado de tanto llorar y patear contra el asiento del conductor, Nico terminó durmiéndose. Llegaron a Ariège a eso de las ocho. Adrien logró transportar al bebé semidormido hasta la camita que le habían preparado. Él abrió grandes los ojos cuando lo sacó de la silla del auto, se quejó y balbuceó algunos sonidos incoherentes, pero se desplomó justo después. Su camita estaba ya armada, con sábanas blancas y una almohada celeste. Matthieu y Julie les habían reservado el cuarto más grande y agradable de la casa e incluso habían puesto unas ramitas de lavanda sobre los almohadones.

Durante la cena rápida que le tenían preparada, le contaron un poco más sobre la rutina del campo. El cultivo arrancaba muy temprano, a las cinco a más tardar tenían que estar afuera. Al día siguiente, Julie se quedó a cargo de Nico. Alrededor de las once y media hicieron una pausa para almorzar. De todas formas, cuando el sol pega fuerte hay que volver. Como el proyecto recién está empezando, los días de trabajo son largos: unas nueve horas al aire libre.

—¿Y cómo está Nico? ¿Puedo hablarle?

—Está con Julie en el jardín. Estoy preparándole la merienda. ¿Hablamos más tarde?

La comunicación se corta abruptamente. Verónica vuelve a llamar sin éxito. Padre e hijo están bien y no la necesitan. Se imagina a la bestia correteando por un campo florido de la mano de Julie. De repente siente bronca. ¿De dónde sacó él que ese estilo de vida podía gustarle? ¿La conoce en lo más mínimo? Durante los largos años de convivencia que compartieron estuvo convencida de que, más allá de algunos detalles propios a sus personalidades, los dos querían el mismo estilo de vida. Hasta ahora, pensaba que no tenían grandes secretos, que compartían gustos y tenían necesidades complementarias. La repentina sed neorrural de Adrien no es simplemente incomprensible: es una traición a la idea de hogar que han construido durante casi una década.

Al día siguiente, se despierta con la certeza de haber tenido pesadillas. Ninguna imagen en concreto viene a su mente, pero siente la cabeza pesada. Es temprano. Por la escasa luminosidad que se filtra detrás de las cortinas, adivina que está nublado. Su plan del día es ambicioso. Irá a los archivos departamentales de Bellinzona para consultar los fondos fotográficos de Harald Szeemann, un conocido conservador de arte apasionado de las utopías, que reconstruyó la historia de la comunidad y creó tanto la fundación como el museo de Monte Verità. También pretende fotografiar varios libros en inglés y en italiano. Al fin y al cabo, toda investigación empieza con un buen acopio de materiales incongruentes. El amasijo documental y la diversidad de bibliotecas y sitios web consultados siempre le han procurado una sensación de bienestar. Confía en que las notas que va a tomar hoy serán una de las estrellas de Belén que guiarán su investigación. Su fascinación por los archivos viene de una creencia algo infantil. Sospecha que en esas cajas con documentos que constituyen la *terra incognita* del investigador puede surgir algo inesperado. Pero, por lo general, es el hecho de no encontrar nada, esa falta o ese hueco ahí donde uno esperaba hallar una pepita de oro, lo que se vuelve significativo. Le gusta entrar en esos mausoleos del saber y notar en el cuerpo la sensación de andar a tientas, buscando el hilo que le permitirá empezar a deshacer la madeja. En la mochila pone su computadora, una libreta, un paraguas y el librito de Kaj Noschis cuyas notas sigue releyendo.

Es un día gris. No corre ni una gota de aire y el cielo encapotado anuncia tormenta. Es el clima ideal para pasarse el día en los archivos. Solo una pareja con una mujer en la cincuentena y un niño de unos diez años la acompaña durante el desayuno. Termina rápido su café y chequea la ubicación de la parada de autobús. La llovizna empieza a caer unas cuadras antes de llegar, así que se calza la capucha de su buzo. Las gotas minúsculas generan un efecto de rocío molesto que no amerita sacar el paraguas.

En el trayecto hasta Bellinzona descubre una periferia industrial salpicada de pequeños pueblitos. Desde la ventana ve pasar zonas de casas bajas y otras más rurales, con galpones y hangares que podrían servir de depósitos o fábricas. El archivo se encuentra a solo unas cuadras de la parada del autobús, pero le cuesta reconocer el lugar. Después de atravesar una puerta de vidrio, se topa con un puñado de investigadores silenciosos y encorvados sobre sus documentos. Se dirige hasta la recepción, donde un hombre calvo trabaja en una computadora.

—¿Ignazio? —pregunta Verónica. En un inglés algo aparatoso, le explica que viene a consultar el fondo Harald Szeemann.

El hombre la mira algo desconcertado, pero luego se relaja y sonríe. Ignazio está adentro, le anunciará su llegada. Mientras tanto, la invita a ocupar un puesto de lectura e ir rellenando un pequeño rectángulo de cartón rosa con sus datos y la ubicación de los archivos que quiere consultar. Ella se sienta al fondo de la sala y al cabo de unos minutos le entrega la ficha completa. Después de ingresar las referencias en su computadora, el hombre le explica que las cajas que pidió forman parte de la primera parte del catálogo, que, lamentablemente, se encuentra en la Fundación de Monte Verità.

¿Cómo es posible que Ignazio no le aclarara ese detalle? Se siente estafada. Recuerda haberle explicado que venía especialmente por los documentos y fotografías relacionados con las fundadoras de Monte Verità. El hombre se disculpa y le pregunta si no hay algo más que pueda interesarle. Resignada, vuelve a su lugar y se pone a verificar el contenido de las otras secciones. Leyendo en detalle el catálogo, detecta varias cajas con fotografías y retratos individuales y de grupo. Anota también las referencias de las cajas en las que figuran nombres que le resultan familiares. Por las dudas, corona la ficha con algunos números que contienen artículos y revistas en italiano.

—Estas sí puede consultarlas aquí —le dice el empleado sonriente—. Instálese, enseguida se las llevan.

Un rato más tarde, un hombre se acerca con un carrito lleno de cajas de cartón gris. Algo en su aspecto no condice con la idea que se hace Verónica de los bibliotecarios. Es morocho, de grandes ojos negros y pelo castaño algo canoso. Mientras manipula el carrito, ella observa sus manos nudosas. Las manos de alguien que no ha pasado su juventud entre libros. Por las pequeñas arrugas que atraviesan su cara bronceada le calcula unos cuarenta años. No es una belleza, pero en el marco soporífero de la biblioteca su aspecto canchero lo vuelve un bicho raro y aumenta su atractivo.

—¿Verónica? —pregunta después de depositar la primera caja sobre la mesa de trabajo. Ella asiente y le agradece por los documentos.

Por suerte, Ignazio maneja un perfecto español con acento peninsular. Le aconseja visitar la fundación y, sobre todo, el museo de Monte Verità, donde están expuestos los documentos descritos en la primera sección del inventario. Le pregunta si lee en alemán, y ella niega con la cabeza como si estuviera reconociendo una falta grave. Para salvar su honor, le asegura que entiende el italiano escrito. Como Ignazio se queda parado a su lado, le repite que está investigando sobre las fundadoras de la comunidad. Él le dice que los escritos de Ida Hofmann, en alemán, están en la fundación. También le propone buscar unos documentos que no están en el catálogo del fondo. Se trata de unos archivos policiales ligados a la muerte de Lotte Hattemer que él recuerda haber visto alguna vez. Ignazio le sonríe y se pierde entre los pasillos.

Verónica lo ve alejarse, respira hondo y toma coraje para empezar a consultar las cajas. La primera contiene únicamente un álbum de fotos en blanco y negro que le resulta inclasificable. Son imágenes de casas, exteriores, parques y algunos retratos. Por el estilo de la ropa, diría que fueron tomadas en los años setenta. A veces, las fotos llevan inscripciones al dorso, precisiones sobre el año o la identidad de las personas retratadas. Pero la mayoría de las veces son fotografías mudas, sin notas capaces de devolverlas a la vida. Para intentar entender quiénes son esas personas, vuelve a abrir el fichero PDF con la descripción completa del fondo. Mientras lee la lista de nombres igualmente desconocidos, se dice que debe tratarse de amigos de los nuevos propietarios. Da por cerrada la primera caja y pasa a la siguiente. Contiene un segundo álbum con postales y fotografías antiguas. Por lo general, vistas panorámicas de Ascona entre 1900 y 1910. Se detiene en una foto en blanco y negro que parece haber sido tomada desde el lago. El foco está puesto en un barco de madera con un hombre que rema y otro que observa el paisaje. Las nubes crean contrastes de luz, haciendo que las montañas que surgen en el fondo parezcan más o menos oscuras y amenazantes. Cuando termina, abre rápidamente las cajas siguientes para hacerse una idea del contenido y se alegra al ver los retratos de los fundadores y otras escenas de la vida cotidiana en el sanatorio.

Hacia la una decide hacer una pausa. Al salir del archivo distingue, cruzando la calle, una cafetería con algunas mesas al aire libre. Cuando se acerca ve a Ignazio y al otro bibliotecario comiendo con dos mujeres. Se saludan con un asentimiento de cabeza. Con una Coca-Cola y una porción de pizza, se sienta en una mesa en el otro extremo de la terraza.

Está terminando el almuerzo cuando siente la presencia de alguien detrás de ella. Es Ignazio. Le explica que va a tener reuniones toda la tarde y que no podrá buscar los documentos sobre Lotte Hattemer. ¿Puede volver mañana? Verónica confiesa que había previsto pasar solo un día en los archivos. Ignazio vuelve a quedarse pensativo. Como si extirpara una perla rara desde el fondo de sus recuerdos, le cuenta que una escritora fue a la biblioteca hace algunos años para consultar los archivos de Monte Verità. Era una sobrina de Sophie Benz, una artista plástica que no era del todo desconocida hacia 1900. La mujer estaba preparando una biografía y consultó, entre otros, los archivos de la policía. Si no se equivoca, Sophie Benz también habría sido amante del psicoanalista Otto Gross. Falleció en circunstancias extrañas, similares a las de Lotte.

Le encantaría poder consultar esos documentos, le dice Verónica. Verá qué puede hacer, responde él con un tono enigmático, como si estuviera calculando hasta qué punto su pedido es digno de interés. De manera un poco abrupta, se da media vuelta y la deja; su próxima reunión está por empezar.

Ella termina su almuerzo y vuelve al puesto de lectura. La euforia que suele preceder al contacto con los archivos dio paso a una melancolía desencantada. Se detiene en una serie de fotografías en blanco y negro de inicios del 1900. En una de las fotos se distingue una tropa de dieciocho adultos y tres niños ubicados en fila. Algunos están de pie, otros sentados. Aunque todos posan, la composición no resulta armónica. En el extremo izquierdo de la imagen, un grupo de mujeres adopta una pose teatral, impostada. Sus rostros se orientan en diferentes direcciones. Tres personas dirigen la mirada hacia el fondo con un paisaje de árboles, como si algo importante estuviera pasando y no pudieran concentrarse. Los otros miran al fotógrafo. La calidad de la imagen no es buena, y además la fotografía fue tomada desde lejos, pero pareciera que el resto de los retratados esboza una sonrisa. En el extremo derecho de la imagen se distingue a Henri Oedenkoven e Ida Hofmann. Él está de pie, serio y con el mentón ligeramente inclinado hacia el suelo. Lleva la barba crecida, camisa y pantalón corto. A sus pies se encuentra Ida, sentada con las piernas cruzadas.

En otras fotografías se ve a la pareja en los primeros tiempos. Henri lleva el pelo largo, aunque desde la cima de su cabeza empieza a adivinarse su futura calvicie. En casi todas las fotos Ida va ataviada con un vestido largo y oscuro de tirantes y una camisa de mangas acampanadas. Habrá que esperar a la llegada de Isabelle Adderley, la «otra», para verla cambiar de estilo. En las fotos de los años veinte, lleva vestidos claros y el pelo oscuro recogido en un rodete.

Otras imágenes muestran la fachada del sanatorio naturista. Dos soberbias escalinatas semicirculares dan acceso al piso superior, donde hay una amplia terraza cubierta. La estructura central está sostenida por ocho finas columnas que crean una sensación de transparencia, acentuando la altura de los techos. El primer piso está construido en madera. Desde allí, atravesando altas puertas vidriadas, los huéspedes accedían al salón restaurante, a la sala de música, la biblioteca y las otras áreas comunes. La planta baja es de piedra. Los ventanales más discretos no permiten adivinar si allí están los cuartos de huéspedes. Al mirar la fotografía en detalle, se percibe que las barandas de hierro de las escaleras centrales tienen el mismo diseño que aparece forjado en lo alto de las puertas ventana del primer piso. Se trata del símbolo del yin y el yang.

Son las cinco. Después de horas de abrir y cerrar cajas y examinar viejas fotografías, tiene la vista agotada. Cada vez le cuesta más identificar los rostros y descifrar las inscripciones al dorso de las imágenes. Por suerte, solo le queda una caja para terminar. La abre con apuro, pensando ya en la vuelta. Un pequeño sobre blanco se escurre de la primera carpeta y cae sobre la mesa. Adentro hay tres fotografías. Las imágenes están quemadas por una luz que les brota del centro como el inicio de un hongo nuclear. Por unos segundos, se le para el corazón. Distingue a Ida Hofmann y a Lotte Hattemer, pero la tercera mujer le resulta desconocida. Las tres imágenes fueron tomadas cerca del fuego. En la primera se ve una cabaña al fondo. Lotte mira hacia las llamas mientras Ida y la tercera mujer arrojan algo a la hoguera. La foto está sobreexpuesta, como si una luz inadecuada la hubiera asaltado al momento del revelado. Es difícil adivinar lo que Ida lleva en sus manos, pero Verónica arriesgaría que son papeles. La segunda foto es muy borrosa: apenas son visibles unos dedos y el borde inferior del vestido de Ida rozando el suelo de tierra. En la tercera, solo se ven los ojos claros y el rodete deshecho de la mujer desconocida emergiendo detrás de las llamas. La foto está tomada desde muy cerca, tal vez sea incluso la excesiva proximidad al fuego lo que generó el efecto de combustión.

Verónica intenta calmarse y hunde la cabeza en el catálogo para buscar la descripción del sobre. Repasa una y otra vez el contenido de la caja. No hay ninguna mención de esas fotos. Incrédula, cuenta el total de documentos y lo compara con el número que figura en el inventario para rendirse a la evidencia: esas fotografías no forman parte del catálogo. Son un objeto extraño, una excrecencia o un tubérculo que germinó ahí por azar. Su primera reacción es llamar a Ignazio, pero un impulso la frena en seco. Las mesas contiguas a su puesto de trabajo no están ocupadas. En la sala solo quedan un par de investigadores inmersos en sus documentos, sentados algunas hileras de mesas más adelante. Cada uno está enfrascado en lo suyo. El puesto de la recepción está tan alejado que no distingue ni siquiera la silueta del bibliotecario detrás de su computadora. Sin pensarlo, guarda las fotos en el sobre blanco y lo desliza en la funda de su computadora. Después se dedica a seguir hojeando el álbum como si no hubiera pasado nada. Cada tanto observa a ambos lados para verificar si alguien se acerca a interrogarla, pero es una precaución innecesaria. El robo no tuvo testigos. Al cabo de media hora, cierra las cajas y guarda su computadora. Con paso tranquilo, se acerca hasta la entrada y anuncia que ha terminado.

—¿Encontró lo que necesitaba? —le pregunta el hombre.

—Sí, muchas gracias. Voy a consultar el resto en la fundación.

Recupera su mochila y sale del archivo con paso firme, dispuesta a no cruzar miradas con nadie.

La mochila viaja cerrada sobre sus rodillas durante todo el camino de vuelta a Locarno. Por la ventana desfila el mismo paisaje con casitas de dos plantas y grandes extensiones de terrenos vírgenes. En varios patios delanteros ve esos gnomos de jardín que tanto le gustaban de chica. Se pregunta si ellos también tendrán algún día, tal vez a pedido de Nico, una de esas estatuas en el jardín con vistas a los Pirineos. Aunque trata de evadirse, sabe que acaba de cometer una falta grave. Jamás tomarás nada que provenga de un archivo, dice la biblia implícita de los investigadores. Un documento que sale de la biblioteca es un fragmento de saber perdido, un mensaje en una botella condenado a boyar para siempre sin interlocutor. Para pensar en otra cosa, saca su teléfono. No tiene llamadas perdidas y decide llamar a Adrien. Vuelve a escuchar el triple pip pip pip que anuncia la falta de señal. Al rato recibe un mensaje de texto: «Estamos bien. Después te llamo». El mensaje va acompañado de una foto: la bestia subida a los hombros de su padre en una aparatosa mochila portabebés. Lleva un gorro azul y sonríe para la foto. De fondo, se ven las siluetas de dos mujeres jóvenes. Trata de reconocer a Julie, pero la imagen no es del todo nítida. Distingue dos pares de piernas flacas y largas, con borceguíes de montaña. ¿Con quiénes están? Ya en la parada de Locarno, intercambia mensajes con sus amigas y quedan en encontrarse en el centro.

Al llegar al bar en el que se dieron cita, la sorprende encontrarlas radiantes, con sus vestidos planchados, sandalias y anteojos de sol. Están sentadas en un bar con terraza y la luz del atardecer combina con el anaranjado de sus *spritz*. El contraste con su buzo y sus zapatillas de caminar subraya aún más su cansancio. Las saluda y se sienta a la mesa con desgano. Son dos perfectas turistas. Le cuentan los detalles de su excursión a Lugano, el espectacular lago celeste de aguas opacas. Al mediodía salió el sol y decidieron hacer un paseo en un barco a pedal y almorzar frente al lago. Al volver al hotel, mientras pedían consejos sobre restaurantes en la recepción, se cruzaron con un grupo de españoles que acababa de llegar e intercambiaron teléfonos. Quedaron en cenar con ellos. Verónica termina su trago de un sorbo. Ellas, tan discretas, tan buenas novias, las futuras madres ejemplares, están ahora perfumadas y exultantes frente a la idea de ir a comer con los españoles. Por lo visto, hoy es el día de las ovejas negras. Lo peor es que se siente un mamarracho. No da más de cansancio y lo que menos quiere es hablar con desconocidos y fingir que su vida tiene algún tipo de interés.

No hay manera: son del sur de España, casi hermanos de suelo de Jo, que ya les envió un mensaje para confirmar el lugar del encuentro. Están yendo a una trattoria no muy lejos, va a ser divertido, son muy majos. Imposible persuadirlas. Se deja arrastrar por las callecitas empedradas maldiciendo a las traidoras. Unos metros más adelante encuentran el restaurante. Hay cola, y ya Verónica está por decir que no hay manera de que se ponga a hacer fila cuando Jo distingue al grupo de españoles justo adelante. El hecho de poder colarse con total impunidad, esquivando a las pacientes familias y parejas que esperan sin chistar, la reconforta un poco. En el lugar reina un ambiente campechano: un patio interno cubierto de parras, manteles de papel en cuadrillé rojo y blanco y sillas de aluminio. Las mesas están prácticamente pegadas unas a otras y los mozos se deslizan con destreza entre los escasos huecos libres.

Una camarera que lleva una bandeja cargada de pastas les indica que se sienten en una mesa ocupada en parte por otro grupo de personas. Verónica aprovecha que sus amigas toman en manos la conversación para estudiar a sus acompañantes. Les calcula más o menos su edad. Muy pronto Jo se olvida de su elegante acento madrileño adquirido en su época de estudiante y, al cabo de algunos minutos, las eses se esfuman de la mesa. Para su sorpresa, unos platitos con una ensalada de rúcula ensopada en aceite y una especie de rosbif llegan de improviso. Uno de los chicos le explica que la cantina tiene un menú fijo en cuatro pasos. Mientras se prepara mentalmente para ingerir esa cantidad de platos, Verónica le pregunta qué hacen en Locarno. Viven en Zúrich y vinieron por la despedida de soltero del que está sentado enfrente. No muy lejos de allí hay un sitio conocido para los amantes de la escalada.

A la mañana, los carraspeos de Jo le llegan como ecos de una noche con demasiado vino de calidad dudosa. Percibe los movimientos de Diana en la cama y entiende que ninguna de las dos va a asumir la responsabilidad de dar por comenzado el día. Asoma un brazo para ver la hora y junta coraje para salir de la cama.

Su reflejo en el diminuto armario del baño la desconcierta. La imagen condice con su sensación de resaca física y mental, pero algo en ella se resiste a creer que esa cara ojerosa, de labios con manchas violetas, es la suya. Al volver al cuarto, abre las cortinas y comienza a arengar a las otras.

Jo chequea el itinerario. Si se apuran un poco deberían poder tomar un bus que conecta el centro de Ascona con la fundación. Ya en el camino, le envía un mail a Nicoletta. Llegarán hacia el mediodía y les encantaría visitar el museo. Ascona se parece a Locarno, aunque con mucho más encanto. El pueblo mira al lago y la avenida central, llena de restaurantes y bares con terrazas, bordea el agua. Al llegar al punto de partida del bus se dan cuenta de que el servicio no funciona los fines de semana. No les queda más remedio que subir a pie. Desde abajo no resulta fácil identificar el punto de llegada, pero el GPS calcula solo unos quince minutos de marcha. Arrastran con dificultad las valijas por las callecitas, que van haciéndose más angostas y empinadas a medida que avanzan. La recta final supone trepar por escaleras con peldaños concebidos para suizos de piernas kilométricas. A su paso, el ruido de las ruedas de las valijas sobre el empedrado va creando un pequeño escándalo. Cada dos minutos se quedan sin aliento y se autorizan pequeñas pausas. Media hora más tarde, y completamente empapadas de transpiración, ven un cartel que anuncia la llegada a la fundación. Bastante más arriba, en la montaña cubierta de pinos, asoman las puntas de algunos edificios de Monte Verità. El trayecto final lo hacen a las puteadas, subiendo el equipaje a los tumbos por unas estrechas escaleras de piedra apenas visibles en medio de la vegetación.

Al llegar, Verónica contempla la fachada del pituco hotel Bauhaus que ayer nomás distinguía en las fotos del archivo de Bellinzona. No puede creer que esté pisando el mismo suelo por el que caminaron un día los monteveritanos. Siente una emoción similar a la que experimentó recién llegada a Europa. Pero esta vez no es la belleza monumental de París, ni la felicidad de ver con sus propios ojos lugares que hasta hace poco solo formaban parte de sus lecturas. El vértigo que la recorre es más personal. Se siente como una enamorada entrando a escondidas en la casa de un futuro amante, abriendo los cajones, inspeccionando los libros sobre la mesa de luz, intentando llevarse algo de una intimidad que todavía no conoce. Tratando de no llamar la atención de las otras, deja que sus dedos se impregnen del contacto con esas paredes. Entran por la recepción ubicada en la planta baja, exactamente en el sitio donde especulaba que debían situarse, en la versión del siglo pasado, los cuartos de invitados. Hacen el *check-in* y le anuncian a la recepcionista que tienen cita con Nicoletta para una visita guiada. Consulta su reloj y se da cuenta de que llevan una hora de retraso. Error imperdonable en Suiza. La mujer de pelo corto y gafas le dirige una mirada reprobadora mientras toma el teléfono. Para su sorpresa, la recepcionista les explica que Nicoletta estará con ellas en unos veinte minutos. Como los cuartos todavía no están listos, dejan las valijas y salen a hacer tiempo al jardín.

La vista es majestuosa. Desde el parque y a través de las copas de los árboles se distingue el azul oscuro del lago Mayor. Diana y Jo se instalan en unas enormes reposeras de lona dispuestas sobre el césped, en medio de unas esculturas coloridas. Verónica no puede esperar para descubrir el lugar y se propone dar una vuelta sola antes de encontrarse con Nicoletta. A solo unos metros del edificio central distingue la entrada de la Casa Anatta, con sus paredes rosa oscuro y sus postigos carmesíes. Algo más arriba, en la colina y perdida entre los árboles, se adivina una de las cabañas de «aire y luz» que quedan todavía en pie desde la época de la fundación del sanatorio. Subiendo solo un poco por un camino de ripio se llega a la casa de té, que tiene, en la entrada, un jardín seco japonés. Detrás de las olas inmóviles de arena, piedras y guijarros distingue una pequeña plantación de té ornamentada por unas típicas farolas japonesas de cemento gris. Mientras baja por el camino que bordea la casa de té, se topa con un grupo de ancianos que contemplan el paisaje.

Vuelve a paso rápido hasta la entrada, donde sus amigas siguen tomando sol. Se arrima una reposera y nota que varios individuos de la tercera edad se desplazan también por el parque. Deben tener unos ochenta años, los más ancianos incluso noventa. Varios llevan sombreros de paja o viseras y algunos, sin duda los de edad más avanzada, están acompañados por enfermeros que los siguen en sus lentos desplazamientos con trípodes y andadores. Ahora que los observa en detalle, se da cuenta de que dos individuos que le parecían estar tomando sol algo más lejos están, en realidad, sentados en sillas de ruedas. Varios enfermeros y cuidadores los vigilan desde una distancia prudente, concediéndoles un poco de intimidad.

—¡Qué concurrencia más animada! Vaya hotelito de vacaciones —dice Jo.

—El lugar ideal para un *trip* de LSD —agrega divertida Diana.

—Qué raro, ¿no? ¿Será una excursión de algún geriátrico de la zona?

—A mí me suena más bien a un contingente «último viaje a Suiza». Mi tía abuela lo hizo. Hay mucha demanda de este tipo de servicios entre ancianos adinerados. Me acuerdo de mis padres explicándome que la tía Carmen iba a descansar a Suiza. Nunca más volvimos a verla —explica Jo.

—¿En serio? No puede ser...

Los cuerpos de los viejitos se deslizan por el parque como espectros satisfechos y relajados. Cuesta pensar que están disfrutando de sus últimas horas. Es cierto que la edad promedio en esos pueblos es muy alta. Dada la belleza del lugar, no les sorprende que mucha gente rica quiera pasar su vejez en Ascona. Jo vuelve al ruedo con su hipótesis:

—Apostaría que este es un grupo de últimas vacaciones en Suiza. Mira a ese que va del brazo con su enfermero, conectado al suero.

—¿Decís? ¿Te parece que paran acá? ¿No estarán de visita?

—Si tuviera plata, tal vez haría lo mismo —dice Diana—. No voy a obligar a mis hijos a cambiarme los pañales. Es una buena puerta de salida.

—Pero ¿la eutanasia es legal en Suiza?

—«Suicidio asistido» la llaman —explica Jo, inquietantemente informada sobre el asunto, mientras sigue con la vista a una anciana de sombrero florido que pasa a solo unos metros de distancia.

La profunda felicidad que le procuró a Verónica el primer contacto con el lugar empieza a transformarse en angustia.

—No, no puede ser —repite buscando explicaciones válidas. Lo que sea antes que rendirse a la evidencia de que la utopía de sus hippies del 1900 se transformó en un centro de turismo suicida.

Una voz en inglés con acento italiano la saca de sus especulaciones. Nicoletta es rubia y tiene grandes ojos azules. Es alta y robusta, de porte y gestos enérgicos. Les sonríe y sacude sus manos con fuerza en un gesto de bienvenida. Algo en su estilo le hace pensar en los guardaparques de los zoológicos o en los *rangers* que coordinan safaris en la sabana. Maneja un inglés aproximativo, pero es tan agradable que se llenan de paciencia y esperan a que cierre sus frases interminables. Aunque no debe llegar a los cincuenta, tiene la apariencia de una mujer cansada. Su piel ha perdido la elasticidad de la juventud. Tanto el rostro como la porción de piel visible de sus antebrazos están surcados por una multitud de manchitas blancuzcas, un defecto de pigmentación seguramente causado por el exceso de sol.

Les da la bienvenida y se disculpa por haberlas hecho esperar. Propone empezar el recorrido inmediatamente. Su explicación comienza en 1900, con la llegada de los fundadores a Ascona. Las tres la escuchan de pie frente al majestuoso edificio central reconstruido por el barón Von der Heydt a finales de los años veinte. Las escalinatas semicirculares permanecieron intactas de la época del sanatorio. Son las de la casa construida por Oedenkoven y Hofmann a inicios del siglo pasado. Todo es original excepto las barandas con los arabescos del yin y el yang, que fueron removidas durante los trabajos de renovación. Enseguida suben por un sendero hasta la cabaña que Verónica había adivinado entre los árboles.

Es una de las tres casas de huéspedes originales que se conservan. Inicialmente habían sido pensadas para alojar a los pacientes del sanatorio. El interior es austero: una cama de una plaza, un escritorio y una silla de madera. Al entrar, siente que algo no está bien. Un clima artificial se desprende del lugar. Inspeccionan la única habitación de la cabaña. En esa época no había electricidad, explica Nicoletta, señalando un resto de vela dispuesto sobre un escritorio para recrear el estilo de época. Las ventanas no tienen cortinas. Una ausencia deliberada, dado que la cura de los monteveritanos exigía que los pacientes se acostumbraran a vivir acorde al ritmo de las estaciones, sensibilizándose a las variaciones naturales de la luz.

Continúan el recorrido y Nicoletta les cuenta que, excepcionalmente, va a abrirles el Templo de Elisarion. El lugar forma parte de una exposición temporal que ya no está disponible para los visitantes, pero no quiere privarlas de la experiencia. Con una tarjeta magnética, la mujer abre las puertas corredizas de otra cabaña de estructura más moderna, concebida para alojar la obra del artista y fundador de una religión transgénero: Elisar von Kupffer. Nunca oyeron hablar de él. Nicoletta traga saliva y prepara su explicación. El artista era un aristócrata de orígenes bálticos, iniciador del «clarismo», una religión desaparecida hoy en día. Kupffer, cuyo nombre artístico era Elisarion, creía que cada ser humano estaba constituido por células bisexuales que aspiraban a trascender la diferencia entre los sexos, causa de no pocos sufrimientos terrenales.

Antes de entrar en el templo, Nicoletta les dice que, en la época, los visitantes a los que se les concedía una «inmersión» en la obra debían utilizar vestimentas andróginas a fin de despojarse de sus identidades sexuales y sociales.

Entran en una antesala en penumbras. Los muros son de un púrpura intenso. Nicoletta enciende las luces y las invita a recorrer una sala circular. La pintura panorámica las envuelve. Están rodeadas de una multitud de efebos semidesnudos en escala real. Sus cuerpos ligeramente cubiertos de piedras preciosas y de flores están dispuestos en diferentes posturas eróticas: de pie y de perfil, en cuclillas, de espaldas o recostados sobre el vientre. Los colores pasteles transportan al visitante a un jardín del edén *queer* con montañas de picos nevados y glaciares, pero también praderas floridas, lagos y playas de arena clara. Los cuerpos andróginos se acarician, se observan o simplemente descansan ajenos a la indiscreción de los espectadores. Nicoletta agrega que la obra tiene más de veintiséis metros de largo. Fue salvada *in extremis* por Harald Szeemann, que la encontró, tirada por el suelo y empapada, en una casona en ruinas de Minusio que habría pertenecido a Elisarion. Los antiguos propietarios la habían arrancado de las paredes para dejarla pudrirse a la intemperie, pensando que era la obra de algún degenerado. Pero el crítico de arte reconoció la mano de Elisarion y mandó transportarla para comenzar un arduo proceso de restauración. En total, son treinta y tres escenas que representan las cuatro estaciones e incluyen ochenta y cuatro cuerpos masculinos en simbiosis con la naturaleza. Nicoletta les dice que, si prestan atención, notarán que los rostros son siempre los mismos. Elisarion decidió retratarse a sí mismo, a su pareja y a un amigo desde la óptica de la transfiguración futura a la que debían elevarse los miembros de su religión. Cada figura está así emparentada y resulta muy difícil distinguir las variaciones mínimas que el artista deslizó en los rostros sonrosados.

Verónica se desplaza para apreciar mejor la obra en trescientos sesenta grados. Mientras observa a los efebos, no puede evitar percibir su propio cuerpo. Aunque no tiene ya la vitalidad de los veinte años, indudablemente sigue siendo enérgico y resiliente. Tiene suerte. Debe reconocer que se enferma muy poco y, sin demasiado activismo de su parte, ha sabido reponerse bastante bien de los estragos de un primer parto. ¿Por qué se siente entonces tan disociada? Sus manos se posan espontáneamente sobre su vientre, ejerciendo una presión ligera sobre esa piel que tanto se ha estirado y encogido en los últimos tiempos. Aunque es consciente de que muchas personas la encuentran atractiva, le cuesta conectar con su propio deseo. No puede echarle toda la culpa al posparto. El nacimiento de Nico contribuyó a apaciguar solo un poco más una llama a la que le venía faltando combustible desde hacía rato. Durante unos segundos, cierra los ojos y se imagina en el jardín de Elisarion. Una brisa tibia acaricia su piel y siente la hierba húmeda lamiéndole los pies. La vegetación crece a un ritmo lento, pero claramente perceptible. El roce de unos tallos en las plantas de sus pies la sobresalta. Por un momento teme que los brotes no estén creciendo desde la tierra, sino desde sus propias extremidades. Abre los ojos y ve que sus amigas ya están saliendo de la sala. Una vez afuera, no puede evitar pensar en el contraste entre los cuerpos juveniles que acaba de ver y los de los decrépitos ancianos que merodean por el jardín, solo unos metros más abajo. ¿Y si fueran adeptos del clarismo? ¿Qué mejor que adherir, justo antes del final, a una secta que promete el retorno a cuerpos eternamente jóvenes y asexuados?

La visita termina con un paseo por los jardines superiores. Gracias a una hábil construcción en diferentes niveles, a la manera de pequeñas terrazas de cultivo, los visitantes pueden apreciar distintas instalaciones artísticas pensadas para fundirse con la naturaleza. En particular, se detienen a observar un conjunto de enormes piedras grises estilo Stonehenge. Vistos desde arriba, los monolitos trazan un símbolo del infinito. Pero justo en el punto donde las líneas convexas coinciden, como en un gigantesco número ocho acostado, el artista instaló un círculo que simboliza el punto de encuentro entre la técnica y la naturaleza gracias a la mediación del hombre. Verónica se pregunta cómo se las habrán ingeniado para transportar esas rocas de proporciones lunares hasta la sección más alta del jardín.

Ya de vuelta en la recepción le agradecen la visita a Nicoletta, quien después de intercambiar unas palabras con la recepcionista les confirma que su cuarto está listo. Pueden visitar el museo cuando quieran.

La nueva habitación está en el cuarto piso del edificio central y no tiene vista al lago. Un detalle que pasan por alto considerando que les vino de arriba. Al entrar, el blanco refulgente de las paredes la enceguece ligeramente. La habitación es amplia, con un cuarto de baño ubicado enfrente de la entrada y un pasillo que conduce hasta las camas. Los ventanales dan hacia la montaña y el bosque y recorren el cuarto de una punta a otra. La decoración es minimalista y funcional. Las mesas de luz y el escritorio están hechos con unos lustrosos tubos de acero que recuerdan los de un sanatorio o un loquero: nada de puntas, solo líneas curvas y muebles bajos para depositar las valijas. Verónica se acuesta en la cama inmaculada. El contacto con las sábanas suaves le despierta un deseo de curación. Piensa en todos los que, un siglo antes, hicieron el mismo peregrinaje buscando purificarse de los males de la sociedad.

Jo anuncia que va a tomar la segunda ducha del día y Diana, acostada boca arriba, cierra los ojos como si fuera a dormir una siesta. Verónica decide aprovechar el momento de calma para abrir su computadora. Aunque no se atreve a sacarlo, adivina la presencia del sobre robado dentro de la funda. Como le pasó cuando descubrió por primera vez los escritos de Ida Hofmann, algo en ella teme que, si las mira a la luz del día, vayan a desvanecerse.

¿Qué significan esas fotos tomadas cerca del fuego? ¿Quién puede ser la mujer desconocida? ¿Qué podían estar haciendo Ida y Lotte en plena noche que necesitara ser fotografiado? Busca en internet imágenes de las otras mujeres que pasaron un tiempo en Monte Verità. ¿Podría tratarse de Lou Andreas-Salomé o de Franziska von Reventlow? Es cierto que las dos tenían ojos y cabellos más bien claros. Por desgracia, la calidad de las fotos es muy mala. Peor aún: la marca de luz que brota del centro de la imagen más nítida contribuyó a borronear los rasgos de la tercera mujer. Más lógico sería pensar que se trata de una de las tantas pacientes anónimas que solían pasar una temporada en el sanatorio. A menos que fuera alguna bailarina de la escuela de Von Laban o, simplemente, una mujer del pueblo. Lotte solía pasar gran parte de su tiempo cuidando niños y enfermos, pero Ida hacía un verdadero trabajo de divulgación con las mujeres de Ascona. Las invitaba a asistir a charlas sobre temas como el derecho al voto o la emancipación por el trabajo. A las que se mostraban interesadas, las formaba incluso en el arte de confeccionar vestidos amplios y cómodos que les permitían liberarse del corsé. ¿Podría tratarse de una de sus discípulas? Es imposible saberlo.

Para pensar en otra cosa, se dedica a buscar información sobre el turismo suicida en Suiza. Al parecer, tres asociaciones se disputan el monopolio del suicidio asistido y solo una de ellas brinda sus servicios a extranjeros, repatriación del cuerpo incluida. Con algo de morbo, abre uno de los sitios web. En la parte superior de la pantalla desfilan imágenes en un fundido encadenado: la luz cálida del ocaso sobre un lago, unas hojas amarillas atravesadas por un sol otoñal, dos pares de manos arrugadas entrelazadas y unas siluetas de personas en blanco y negro tomándose de la mano como si intentaran sacar a alguien de un foso. A todas luces, la coherencia visual no es el criterio que guio la elección de las imágenes. Sin embargo, el efecto final produce un sentimiento apacible. Con un gesto algo abrupto, cierra todas las páginas abiertas en su computadora y consulta sus mails. Junto a algunas ofertas de apartamentos en los suburbios, distingue un correo de Ignazio. Se le corta la respiración. El correo no lleva título, así que imagina lo peor. El robo fue descubierto, tendrá que devolver los documentos y pagar una multa o, peor, hacer una declaración en una comisaría suiza y ponerse a disposición de las autoridades cantonales.

Junta fuerza y abre el mail. A medida que va descifrando las líneas, el aire va abriéndose paso en sus pulmones. El mensaje es escueto. Ignazio explica que encontró los recortes de prensa de los archivos de la policía sobre las muertes de Lotte Hattemer y Sophie Benz. No puede enviárselos por correo, ya que toda difusión digital está prohibida, pero hizo fotocopias de los documentos. Si le interesan y quedan solo para su propio uso, puede dárselos en persona. Precisamente, le propone que se encuentren esa misma noche. Unos amigos organizan una fiesta en una casa cerca del lago, en Locarno. Ignazio le envía la dirección y le dice que, si quiere ir, él estará allí desde temprano.

Está claro que Verónica le gustó, ¿quién se tomaría tantas molestias si no? ¿O sería su sangre italiana? Todo en su complexión da cuenta de esa desenvoltura típicamente latina. Ya no recuerda cuándo fue la última vez que fue a una fiesta. Lejos de disgustarle, la idea la seduce y hasta le parece coherente si se consideran los ideales de los monteveritanos. Si ellos aceptaban sin chistar las restricciones del sanatorio era, en parte, porque la vida natural y comunitaria les procuraba placeres a los que no habrían tenido acceso de otra forma. Sonríe pensando que los monteveritanos se hicieron conocidos en la región por sus bailes desnudos bajo la luz de la luna. Salvando las distancias y el hecho de que en este caso seguramente todos estarán vestidos, la invitación de Ignazio resuena con la idea de divertirse y reconectar con su cuerpo. ¿Qué mejor que recuperar los documentos a orillas del lago? Tal vez la extraña visión que tuvo mientras visitaban el templo de Elisarion era un buen augurio. Aunque quisiera burlarse de ese exceso de imaginación, se dice que, si los espíritus del lugar buscan reconectarla con otra parte de sí misma, ella no debería oponerse. La imagen de Nico y de Adrien se planta como un árbol milenario en medio de sus disparates. Intenta dispersar ese indicio de culpa. No tiene nada que reprocharse, y Adrien tampoco se queda atrás en materia de darles vida a sus fantasías. Al fin y al cabo, ¿no está él también entretenido con sus amigos, planificando los detalles de su futura vida en el ecopueblo?

La necesidad de aclarar ciertos detalles prácticos la saca de sus pensamientos. ¿Podrá ir con sus amigas? No le queda otra, jamás se animaría a ir sola y tampoco le perdonarían que las abandonara para irse a ver a un tipo al que acaba de conocer. Responde instantáneamente al mail de Ignazio: le agradece la molestia que se tomó por los documentos y le pregunta si puede ir a la fiesta con dos amigas. Está a punto de cerrar su computadora cuando detecta, algo más abajo en la bandeja de entrada, un mail de Lucía de varios días atrás.

El correo lleva por objeto «Fortineras». Hace rato que no hablan y no consigue entender su silencio. No sabe si la está evitando o si ya la ha reemplazado en su cambiante y cargada agenda afectiva. Debe estar ocupada con las tratativas de su nuevo proyecto, buscando adeptas que la ayuden a afrontar la inversión inmobiliaria y estén a su disposición para darle forma a su utopía pampeana. Las letras negras brillan en la bandeja de entrada y no entiende cómo se le pudo pasar por alto abrirlo. El mail de Lucía está hecho de párrafos descosidos, sin ningún mensaje personal.

Por la mezcla de tipografías, infiere que su amiga copió fragmentos de distintas fuentes.

Son notas sobre la situación de los fortines en el desierto argentino a mediados del siglo XIX. Las líneas que Verónica lee contienen datos concretos sobre la función que cumplían esos sitios de descanso, con rancherías, comandancias y barracas, donde se albergaba a las tropas reclutadas arbitrariamente a través de los confines de la república. Descubre que, gracias a la llamada Ley de Vagos, el ejército conseguía mano de obra gratuita y constante y castigaba a los gauchos desertores. Aunque la población solía ser totalmente masculina, algunas mujeres —esposas, madres, hijas o indígenas capturadas— terminaban adaptándose al paisaje inhóspito, de manera similar a algunas flores capaces de sobrevivir en el desierto. Las llamaban «chinas, milicas, chusma o cuarteleras». No era difícil imaginar la peligrosa rivalidad entre las mujeres legítimas y las cautivas, entre blancas e indias, amantes y esclavas. Sus voces de caracteres recios venían acompañadas de muchas otras formas de vida. Criaturas berreando, aullidos de perros, aleteo de avestruces, chillidos de nutrias, mulitas, peludos y otras especies de ratas domesticadas. Con la llegada de las mujeres, esos sonidos se expandían por los fortines llenándolos de un alboroto familiar.

Las imagina con la piel curtida por el sol, amamantando a un recién nacido o con niños mitad salvajes aferrados a sus polleras percudidas. Las fortineras hacían a la vez de curanderas y parteras y se ocupaban de las tareas domésticas. Sabían preparar tisanas a base de yuyos, lavaban la ropa, cocinaban y hasta salían a cazar si el hambre arreciaba. Pero sus manos solícitas habían aprendido también a empuñar las armas. Si la indiada se anunciaba, no dudaban en trocar las polleras por el uniforme militar y esconder las trenzas dentro del chacó de los soldados. No era tampoco inusual verlas poner el cuerpo y jugarse la vida en duelos en los que se disputaban un hombre o el honor. A pesar del ambiente marcial y huraño de aquellos reductos, sus risas reverberaban en la tierra reseca.

La lectura de esas notas enigmáticas le produce un efecto extraño. No logra entender si el correo le está verdaderamente destinado. Aunque le molesta pensar que recibió el mail por error y que, probablemente, se trata de notas que Lucía creyó enviarse a sí misma, el contenido la intriga. ¿Qué está tramando su amiga? ¿Qué intenta decirle con esas líneas? Y, sobre todo, ¿espera una respuesta?

Jo sale del baño y pregunta cuál es el plan para el resto del día. Diana se da vuelta y despega un ojo, considerando la cuestión desde un mundo lejano. Verónica les propone visitar el museo y dar una vuelta por el pueblo. Las dos asienten sin mucha convicción. Cierra la computadora y piensa que nada debe empañar su alegría por la invitación de Ignazio. Mientras se cambia el short y las zapatillas por un vestido estampado con pequeñas flores y unas sandalias chatas, les habla del plan para la noche. Al final, su estadía en los archivos no resultó tan infructuosa como pensaba. Además de documentarse sobre Monte Verità, se ganó un admirador y una salida: están invitadas a una fiesta.

—Un admirador... ¿De dónde lo sacaste?

—Ya, ¿lo conoces? Podría ser un loco que te da cita en una casa abandonada para violarte o asesinarte —agrega Jo.

—Ayyy, ¡qué exageradas! Es un bibliotecario simpático, un italiano que habla perfectamente en español. No hay nada raro.

—Mmm..., no sé, no me parece que tengas demasiado olfato para el peligro.

—Bueno, ayer fueron ustedes las que insistieron en ir a comer con los españoles.

—Nada que ver, paraban en nuestro hotel —se defiende Diana.

—No veo la diferencia. Además, ¿qué riesgo puede haber si vamos juntas?

—¿Estamos invitadas? —le espeta Jo, pragmática.

—Por supuesto —miente Verónica, y agradece que sus amigas dejen el interrogatorio en suspenso y no la obliguen a reconocer que no tiene ni la más remota idea de adónde irán.

Terminan de vestirse y salen del cuarto. Deciden que Jo estará a cargo de las llaves y del LSD. Mejor estar preparadas para todos los escenarios. Toman el ascensor hasta la planta baja y le piden a la recepcionista que les indique cómo llegar al museo de la fundación.

Bajando solo un poco por la colina se llega a la Casa Anatta, la antigua residencia personal de Ida y Henri que alberga hoy en día el museo. Visto desde afuera, el edificio de piedra es un compacto paralelepípedo de una sola planta. Pero basta con alejarse un poco de la entrada para advertir un segundo nivel construido con paneles de madera escondido detrás de la terraza. Apenas se ingresa al museo, la fría fachada exterior contrasta con las formas redondeadas y las dimensiones más íntimas. Verónica admira las puertas y las ventanas con arcos, los pequeños cuartos que dan la impresión de ser curvos, con techos como bóvedas. En la recepción, una mujer les extiende un libro de visitantes y les pide que completen algunos detalles acerca del proyecto sobre el que están trabajando y los medios de prensa en los que será difundido. Un imponente lienzo de Fidus en tonos grises cubre el muro que precede la entrada a la colección. En la obra, hecha en lápiz o grafito, un hombre y una mujer son retratados de espaldas, desnudos y tomados de la mano. Los dos cuerpos parecen atraídos por los rayos del sol o una estrella gigante que los succiona hacia el centro. Los bordes del cuadro tienen elementos vegetales estilo *art nouveau*: espigas de trigo, hojas de parra y ramos de uvas, flores y raíces. Poco atentos al aspecto redundante de la composición, los curadores rodearon la obra de un marco vegetal hecho de ramas de arbustos y brozas de pino artificiales.

En la planta baja se exponen libros de investigación y las portadas con las primeras ediciones de las ficciones inspiradas del lugar. Una serie de vitrinas contienen los documentos sobre los orígenes del proyecto: el estatuto del convento laico de la Monescia, fundado por Alfredo Pioda, una suerte de antecesor de Monte Verità. También observan al pasar los libros sobre la Sociedad Teosófica o el Ordo Templi Orientis, una cofradía secreta que aspiraba a la fraternidad universal, la libertad y el conocimiento. El resto de las paredes de la planta baja están cubiertas de recortes de diarios, libros, cartas y todo tipo de documentos ligados a la creación del sanatorio. Entre todos esos documentos, distingue una serie de panfletos escritos por Ida Hofmann. Anota las referencias en su cuaderno. Una escalera precedida por un arco da paso al segundo piso. Como en la planta baja, la exposición consiste en una pila de documentos capaz de satisfacer a los investigadores más escrupulosos y de apabullar al simple turista. Esa sección de la exposición propone una inmersión en las distintas épocas de la comunidad: desde la fundación hasta el sanatorio, pasando por la escuela de danza y artes de vida.

El cansancio de la mañana empieza a hacerse sentir. Verónica abandona rápido la pretensión de leerlo y anotarlo todo. Sus amigas se concentran en las últimas salas, dedicadas al periodo de la escuela de danza fundada por Rudolf von Laban con la ayuda de Mary Wigman. Un puñado de fotografías atrae su atención. Las imágenes retratan las diferentes etapas de la construcción de la Casa Anatta. Sobresale el techo plano, extremadamente innovador para la época, en el cual la pareja tomaba baños de sol desnuda. A través de las diferentes salas, los retratos y las instantáneas con momentos cotidianos aparecen como restos de una intimidad refractaria.

Como le ocurrió en los archivos, tampoco aquí las fotografías le permiten hacerse una idea convincente de la personalidad de Ida. Por momentos, la fundadora de Monte Verità adopta una expresión severa, mientras que en otras imágenes su sonrisa transmite una sensación de libertad. Intuye que Gusto Gräser no le inspiraba ninguna confianza. El poeta debió ser para Ida la encarnación de la pereza que todo lo corroe. En otra serie de fotografías en blanco y negro se distinguen los cuerpos de los bailarines que integran la escuela de danza de Von Laban.

Reflexionando sobre la casa que construyeron para vivir juntos, se dice que Ida Hofmann debía preferir los cimientos de piedra, las relaciones estables y las cosas que duran. Pero nada, ni siquiera su unión con Henri, resiste a la erosión del tiempo. En otra sala aparecen las fotos en las que se lo ve junto a su nueva esposa y su primer hijo. Ida nunca está lejos de la nueva familia, pero la vida le enseñó que el precio de la libertad es la soledad. Por la noche, la otra vida posible, la del matrimonio y el hijo que no tuvo, reabre quizás viejas heridas. Las imágenes de la alegría conyugal zarandean su columna vertebral y pueblan sus pesadillas.

¿Esas instantáneas de intimidad alcanzan para desmoronar sus convicciones? Ida sigue escribiendo. Reflexiona sobre el derecho al trabajo y les aconseja a las mujeres desarrollarse en actividades en las que se sientan capaces. Con la práctica, se volverán tan buenas o incluso mejores que los hombres. Hacia 1915, su prosa da un vuelco místico. Escribe sus «Contribuciones a la cuestión de la mujer», donde desarrolla la idea de una maternidad espiritual. Una maternidad entendida como una fuerza o un potencial creador que no se concretiza en hijos, sino en obras, acciones, libros.

En las fotografías expuestas en las paredes del segundo piso, Ida suele preceder o cerrar el cortejo formado por la nueva pareja de Henri e Isabelle Adderley. El visitante se rinde a la evidencia de la fuerza demoledora de la juventud. No hay antídoto ni remedio, no hay cura posible contra el envejecimiento. Mientras tanto, como un animal salvaje agazapado, el pasado espera el momento de la revancha. Ida Hofmann, la mujer fuerte y racional, confía en que las brasas de su utopía arden todavía bajo la tierra revuelta. En su veta amorosa, el «matrimonio de conciencia» que tenía con Henri pudo haber fallado, pero el hijo espiritual que crearon juntos permanece vivo. La comunidad, el sanatorio, la escuela de danza y las paredes de la Casa Anatta siguen en pie y hay todavía mucho por hacer. Mientras escribe y trabaja con la tenacidad que la caracteriza, acepta el rol de compañera y testigo silenciosa. Con el paso de los meses y los años, los síntomas de la futura crisis se vuelven evidentes. Escucha las tímidas quejas del matrimonio y constata las marcas que el cansancio y la desazón imprimen en la frente de su antiguo compañero.

Pretender cambiar el curso de las cosas sería necio. La maleza del aburrimiento crece entre las flores sin que nadie sepa de dónde salió. Después de la guerra, Ida asiste a la bancarrota del sanatorio y al final de la escuela de danza y artes de vida. Sus antiguos aliados ya no están con ellos: su hermana Jenny y Karl, su gran amiga Mary Wigman, Von Laban, Lotte, Otto Gross o Sophie Benz. Su vida se va transformando en un barco desertado. Uno a uno los tripulantes van abandonando sus puestos. Ida sabe que, tarde o temprano, cada cual debe rendirse a la evidencia de haber sido el arquitecto de su propio desastre. Tener la fuerza de arrancar las hierbas malas y cultivar algo de paz en medio del caos es otro de sus méritos personales. Al mismo tiempo, era eso o desertar.

Ida espera. No resulta inverosímil que, hacia el final de sus vidas, una vez que la esposa sale del marco y los hijos se hacen adultos, el destino vuelva a ponerla codo a codo con Henri. Perdidos entre las palmeras y los bananeros, embriagados por el calor sofocante y el sol que les calcina la piel, los dos terminan su vida juntos del otro lado del Atlántico. Una postal de Montesol, la colonia-sanatorio que fundaron en Brasil en 1920, atestigua el último proyecto de la pareja. El viaje en el tiempo se detiene allí. Bajo una vegetación indomable, resistiendo las invasiones de mosquitos, entre sueños húmedos, presagios de aluviones y botas llenas de barro. No cuesta demasiado imaginarlos durmiendo uno contra el otro como hermanos. Verónica imagina sus cuerpos empequeñecidos por el paso del tiempo, acunados por el canto de una lengua dulce y desconocida. Cierra fuerte los ojos y le parece verlos en algún lugar remoto de la Amazonía, un sitio indiferente a los vaivenes de la política, a las guerras europeas y a los monstruos que engendra el sueño de la razón.

La visita las dejó exhaustas. El cuaderno está lleno de detalles, fechas y frases copiadas de artículos de prensa. Se pregunta si todo lo que está haciendo tiene sentido. ¿Realmente va a lanzarse a escribir un libro? ¿Podrá hacerlo en el sur, con los Pirineos como telón de fondo y la luz cálida de un amanecer de primavera, mientras Adrien cultiva la huerta y vuelve al caer el sol, sonriente y sucio, con cestas cargadas de tomates, zapallitos verdes y berenjenas? Se ve aprendiendo a preparar *pickles* para el invierno, visitando a los vecinos del ecopueblo, tomando cursos de inmersión en la horticultura, con la bestia sonriente jugando en el jardín. O con una taza de té caliente entre las manos y una ventana con vista sobre los picos lejanos de las montañas. Tendrían que postularse para alquilar una cabaña el próximo verano. Matthieu y Julie están convencidos de que sus perfiles son perfectos, de que tienen la «alquimia relacional» necesaria para integrar el colectivo de Ariège. Se imagina cortando unas berenjenas chiquitas y algo chamuscadas, alimentando a su familia con un enorme bocal de conservas en vinagre, mientras la radio anuncia el pronóstico de una descomunal tormenta de nieve que los dejará alejados del mundo durante varios días. ¿Será así, a fin de cuentas, como se escribe un libro sobre utopías? ¿Obnubilada por la promesa de lo que vendrá?

Al salir del museo, su vista se pierde entre los verdes y marrones de las colinas de Ascona. Después de la emoción de la mañana, la invade una ráfaga de melancolía. ¿Qué logró construir durante todos estos años de vida afuera? No compraron una casa, ni desarrollaron carreras exitosas. ¿Será por eso que Adrien se obsesionó con el sur? ¿A falta de buenos salarios y de reconocimiento académico, decidió que era mejor plantar árboles y cultivar un jardín? Incluso la convicción tácita que tenía hasta ahora de formar una pareja sólida, aceptablemente feliz y equilibrada, empezó a agrietarse. Considerando la situación con un poco de objetividad, no hizo más que apilar trabajos esporádicos y mal remunerados. Y, sin embargo, ¡qué fácil le resulta encariñarse con los obstáculos! Cada trámite, cada documento estampillado, cada derecho social obtenido, cada tarjeta de residencia provisoria tenían el sabor de pequeñas batallas ganadas. La lombriz se aferra a esos pequeños logros y tira para adelante. Mete la cabeza en el pozo y se arrastra. Avanza con una lentitud y una tenacidad asombrosas para su especie. Su cuerpo gelatinoso resbala en el charco. Por momentos, intuye que está llegando al final del camino. Ve o imagina un indicio de luz que asoma entre la tierra compacta. El terreno por el que se mueve le parece más sólido. ¿Se puede escribir sobre mujeres en llamas dentro del pozo?

Para volver al centro, se limitan a desandar el camino que hicieron por la mañana. Ya en bajada, el mundo les resulta más agradable. Los escalones que antes les parecían una tortura se volvieron más amables, casi entendibles si se tiene en cuenta que aceleran el ritmo del descenso. Se detienen de tanto en tanto para apreciar la vista sobre el lago y sacar fotos desde unos miradores con balaustradas. Observan, a lo lejos, las casonas que se adivinan a orillas de la costa, con sus amarraderos y sus puentes de uso privado. Las islas Brissago sobresalen en la mitad del lago. Verónica aprovecha la pausa para llamar a su familia. Lanza una videollamada e imagina qué estará haciendo Nico. Adrien responde. Se lo ve ocupado. Los giros bruscos de la cámara dan cuenta de sus movimientos en la cocina.

—¿Cómo la están pasando? —dice mientras agarra algún elemento de acero que suena a cacerola o a sartén.

—Muy bien. Ayer estuve en los archivos y acabamos de instalarnos en el hotel de la fundación. El lugar es hermoso.

—Genial.

—¿Y ustedes? ¿Puedo ver al bebé? ¿Cómo está?

Adrien sale de la cocina. Verónica entrevé imágenes cortadas de una casa rústica y confortable y escucha la vocecita de Nico.

—Acá lo tenés. Está haciendo un collage con Julie y Ana.

—¿Ana?

—Una amiga de Julie que está de paso.

Saluda a Nico y le dice que lo extraña, que lo quiere, pero la presencia de las dos mujeres, que no paran de hacerle mimos, la desconcentra.

—Hola, Verónica. ¿Cómo estás? Nico la está pasando bárbaro —le dice en francés la chica rubia y sonriente que, supone, es Julie.

La otra, morocha de grandes ojos negros y piel muy blanca con pecas, es todavía más linda. Es ella la que tiene a Nico sentado en su regazo. Sostiene sus manos mientras él da golpecitos de excitación sobre la mesa. Ana observa el teléfono y le sonríe. Verónica se siente incómoda. ¿La juzgan? ¿La consideran como la mujer que ha abandonado a su pareja y a su hijo para irse de vacaciones con sus amigas? ¿Hay oprobio o admiración en sus miradas? De repente, no sabe qué decir. Escucha en silencio las risitas de la bestia y los comentarios divertidos de sus niñeras improvisadas. Se siente como una impostora, una madre indigna que pronuncia palabras de amor mientras les deja a su hijo a cargo. Por suerte, Adrien no tarda en recuperar el teléfono.

—Estamos muy bien. Justo íbamos a salir al jardín. El día está genial. Es un milagro que pase tu llamada, porque la señal es malísima. Pensaba llamarte desde el pueblo. No te preocupes, que Nico está feliz. ¿Hablamos después?

Ella se queda muda. Y enseguida dice:

—Dale, los extraño mucho. ¿Me mandás alguna foto?

—Sí, sí —dice Adrien, y corta rápido con un lacónico—: Chau, amor.

Vuelve al mirador desde donde sus amigas observan la vista. Están muy bien, les cuenta. Adrien dice que hace un clima divino en la montaña. Están con Julie, Matthieu y una amiga. Nico parece feliz con las chicas que lo cuidan: Julie y Ana de los Pirineos. Sus amigas no captan su tono herido. Estaba claro que la iban a pasar bárbaro con el papá y los amigos, la tranquilizan. No hay de qué preocuparse.

Pasean por las callecitas empedradas del centro y deciden ir a la playa más cercana en busca de un almuerzo-merienda. En algún momento, el camino que bordea el lago desaparece y no les queda más remedio que usar el GPS para orientarse en el área residencial de Ascona. La zona parece un barrio cerrado. Aunque los portones exteriores con cámaras de videovigilancia permiten adivinar verdaderas mansiones, los suizos valoran su intimidad. El lujo permanece invisible. Al cabo de algunos minutos se dan cuenta de que son las únicas personas que recorren esas calles señoriales. Aunque no lo comparte con Jo y Diana, especula con la idea de ser vigilada desde las casonas ocultas. Imagina a los ricos propietarios observándolas con desconfianza a través de las cámaras.

Al llegar al borde del lago, el clima se vuelve menos hostil. Apenas atraviesan la valla que marca el inicio de la playa pública, se topan con familias cómodamente instaladas sobre lonas, con paquetes de golosinas con envoltorios vistosos, snacks y una multitud de niños levantando polvo. La presencia de bebés de la edad de la bestia caminando como patitos chuecos sobre la arena blanda le genera nostalgia. Famélicas, se abalanzan sobre un puesto de comidas rápidas y bebidas. Con enormes vasos de cerveza y tres piadinas con queso, tomate y albahaca, buscan un hueco libre donde sentarse.

Sus amigas comen rápido y se tiran a tomar sol panza arriba. Dejan los vasos de cerveza y las servilletas abolladas y aceitosas al sol. Analizando el cuadro desbordante que componen, ella se dice que no podrían estar más en las antípodas de los efebos retratados por Elisarion. Sin preaviso, Diana se extiende de costado y la mira fijo. Tiene las pantorrillas y los brazos llenos de arena. La cabeza descansa sobre una mano.

—Bueno. Ya te dimos unos días de gracia. ¿Nos vas a decir qué está pasando?

—¿Qué está pasando con qué?

—Con Adrien. Este viaje tiene que ver con él, ¿no?

Por un momento, le tienta la idea de negarlo todo. De esbozar una sonrisa incrédula y pedirles que dejen de hacerse telenovelas. No se siente con fuerzas para contar una crisis que todavía no fue nombrada. Si la deja en el limbo de lo no dicho, podría evaporarse con la luz del día como los monstruos de las pesadillas de los niños. Tal vez no estén tan mal. Quiere creer que es solo una de esas situaciones complicadas en las que se encuentran las parejas que buscan una felicidad simple. Remueve la arena con la punta de los pies. Sus uñas rosas escarban y levantan pequeños montículos que se van depositando al costado de sus piernas como si fueran la obra de un roedor invisible.

En algún momento tendrá que contarles lo que está pasando, pero también quiere contarles por qué están ahí. ¿Cómo hablarles de Ariège sin explicarles la utopía fallida de los monteveritanos? Al fin y al cabo, si decidió ir hasta allí es porque confía en que las voces del pasado le den pistas y la ayuden a entender el brusco cambio de vida que le propone Adrien. Es solo un deseo, pero hace tanto tiempo que no se deja guiar por sus sentimientos que prefiere entregarse de lleno a su intuición. Para hacerle frente a la confusión de emociones que se le pegotean en la cabeza como un chicle, ensaya una respuesta.

—Saben que en unos meses vamos a tener que mudarnos. Adrien se empecinó con la idea de instalarnos en los Pirineos. Lo entusiasma la posibilidad de tener un jardín y cultivar una huerta. Él podría teletrabajar y yo estaría en buenas condiciones para preparar el concurso de español.

Como le pasa con su marido, no encuentra las palabras exactas para explicar por qué esa propuesta la paraliza tanto, pero les hace entender que la vida en el ecopueblo está lejos de convencerla.

—¡Qué intenso este Adri! ¿De dónde le vino eso de mudarse al medio de la nada? —dice Jo, empática frente a sus prejuicios de mujer urbana.

Como era esperable, Diana no está de acuerdo. Para ella, la propuesta de Adrien tiene bastante sentido. Fiel a su estilo sabiondo instructivo, les explica que en Dinamarca, por ejemplo, existen centros de enseñanza comunitarios instalados en zonas de bosques. Algo así como «guarderías forestales», dice, con una pedagogía que incita a los nenes a desarrollar habilidades distintas. A diferencia de los modelos de educación occidentales más clásicos, esa formación temprana incluye el cuerpo y los sentidos. Los chicos hacen cosas simples: caminan, exploran el bosque, ayudan con la huerta, alimentan a las gallinas, trepan a los árboles. Parten de la idea de que aprender a leer o a escribir un poco más tarde no es grave. La vida en comunidad fortalece la empatía y la solidaridad. Los nenes se ayudan, comparten, aprenden a enfrentar sus miedos y a resolver problemas. Al fin y al cabo, no es ningún gran descubrimiento. No se necesita mucho más que espacio al aire libre para correr y jugar con otros para tener una infancia feliz.

Jo y Verónica la miran asombradas.

—Yo preferiría que mis hijos supieran leer y escribir pronto. Y está bueno que tengan miedo —dice Jo, visiblemente irritada—. Es la base del instinto de supervivencia. Además, los pocos adultos que conozco que fueron a escuelas Montessori, Steiner, Waldorf y toda esa ensalada con la que seguro se alimentan tus escuelas danesas me parecen, francamente, inadaptados sociales.

—A ver, a ver, cálmense un poco. No quiero discutir los beneficios de una crianza colectiva y en contacto con la naturaleza. Solo digo que no es para mí. Puede parecer egoísta, pero es así. Antepongo mi bienestar al de mi hijo.

Su sincericidio no alcanza para apaciguar las aguas. Diana parece ofendida. Se sacude la arena que le quedó pegada en los brazos y anuncia que va a darse un chapuzón. Sin volver a mirarlas, enfila en dirección a la balsa de madera que flota en medio del lago. Verónica se pone de pie y se apura para seguirla. Es un día ventoso. El agua está helada y las olas la obligan a hacer pequeñas pausas constantes. Diana es ágil; la ve alejarse mientras ella avanza lentamente. Se da cuenta de que todavía lleva puestos sus anteojos de sol. Cada ola amenaza con llevárselos, pero no se siente capaz de nadar teniéndolos en la mano. Al menos, el contacto con el agua fría la saca del sopor de la cerveza y el sol. Diana le lleva una distancia considerable cuando nota que se da vuelta en su dirección. Justo en ese momento atraviesa un sector en el que la corriente es todavía más helada. El entumecimiento que le atribuía a la cerveza se expande a sus piernas y brazos y siente el inicio de un calambre que le impide avanzar. Intenta fijar el pontón y cree distinguir la silueta de su amiga un poco más cerca. Diana le grita algo, pero las palabras se pierden entre el ruido de las olas.

En un segundo de lucidez recuerda que, cuando no se tienen fuerzas para nadar, es preferible hacer la plancha. Se pone panza arriba y deja que la corriente la mueva. No sabe cuánto tiempo pasa. No pudo haber sido más que un minuto o dos hasta que escucha la voz de Diana diciéndole que se quede así, ella va a llevarla hasta la balsa. Durante el trayecto, escucha la respiración de su amiga y sus palabras tranquilizadoras. Le gusta la sensación de dejarse llevar, de flotar sin esfuerzo en el agua helada. Ahora que se sabe fuera de peligro, puede poner la mente en blanco. Cierra los ojos y siente que sus brazos y piernas se aflojan. Escucha el ruido de las olas e imagina las brazadas ágiles y potentes de su amiga. Una alegría extraña la hace sonreír. Se siente a salvo y acompañada. Tal vez por eso fantasea que está librada a los caprichos de la corriente. Le gustaría que ese sentimiento durara más, que calara profundo en ella hasta abrir una grieta. Quisiera quedarse flotando así un largo rato. Sin rumbo y sin miedo. Simplemente abandonarse y perderse entre el oleaje.

—No pasó nada, ya casi llegamos —dice Diana—. Te dio un calambre, ¿no? Entraste al agua muy rápido. ¿Podés nadar hasta la escalera?

Verónica se da vuelta y avanza por sus propios medios los últimos metros. Una vez arriba de la balsa, respira hondo y le sonríe.

—¡Qué susto, eh! —le dice Diana.

—El agua está congelada.

—Ya está. No te preocupes. A la vuelta tenemos la corriente a favor.

Con el sol calentándoles la piel y el lento mecerse de la balsa, las dos se miran a los ojos y se ríen. Su amiga está sentada con los brazos rodeándole las rodillas bronceadas. Le dice que la entiende. El matrimonio no es más que una ficción basada en la supresión del libre albedrío. Un pacto irracional por el que cada individuo se compromete a ser fiel al arquetipo que su pareja ha proyectado sobre el otro. Manifestar deseos que no concuerdan con esa imagen idealizada es un tropiezo. Algo tan humano como cambiar se vuelve una afrenta a la buena voluntad que los socios se deben por contrato.

Diana le pide disculpas. No quería hacerla sentir que estaba del lado de Adri. Solo trataba de reflexionar en voz alta. Sabe los esfuerzos que hicieron durante todos esos años. Las complicaciones que se sumaron con la llegada de Nico tampoco habrán ayudado. Si el plan de instalarse en el sur le resulta la gota de más, tiene que decirle a Adrien lo que siente.

Verónica la mira y se le enrojecen los ojos. A pesar de su costado *nerd*, su amiga siempre la pega en el clavo. Piensa ahora que negarse a ir a los Pirineos no tiene nada que ver con patear el tablero de su matrimonio. Lo único seguro es que necesita tomar una decisión libre y verdadera. No más mentiras, como querían los monteveritanos.

Al cabo de un rato deciden volver a la playa. Nadando en el sentido de la corriente, se siente más ligera. El contacto con el agua fría le resulta tonificante y nota que su cuerpo está más despierto. Cuando llegan encuentran a Jo dormida. Mientras se secan y Jo empieza a desperezarse, discuten qué hacer. Se ponen de acuerdo, van a volver al centro a comer algo antes de ir a la fiesta. Dado que son suizos, mejor llegar temprano.

Caminan hacia el centro y vuelve a pensar en las mujeres de las fotografías robadas. Ida, Lotte y la desconocida. ¿Y si no encontró esos documentos por azar? ¿Y si esas fotos son una pista o un indicio? De repente, piensa en Lotte. Vivía sola en una casa en ruinas a orillas del lago, alejada de todo. Los que la conocieron aseguran que, por las noches, encendía fogatas para purificar simbólicamente el mundo. Tal vez reconstruir las vidas de esas mujeres sea solo el primer paso. No importa que sus mundos se hayan consumido. El derrotero de las utopías muestra que no se puede crear algo hermoso sin pagar, tarde o temprano, el precio de su destrucción. Es la maldición de los demiurgos: todo paraíso está destinado a desaparecer. Al menos los monteveritanos no pretendieron crear obras perennes. Solo prendieron fogatas y, aunque las chispas se fueron volando con el viento, algunos restos quedaron suspendidos en la noche. Imagina esas partículas incandescentes colándose en los cimientos del nuevo mundo. Quizás esas chispas sean brasas que iluminen una ruta apenas visible entre las ruinas y los escombros.

Los rayos del sol se cuelan entre las hojas de los árboles creando sombras chinas y arabescos. A medida que avanza, sus pies se abren camino entre el pasto crecido y fresco del verano. Más abajo, Mary distingue un campo de girasoles. Algo más cerca, el rojo intenso de las amapolas destella en medio de tanto verde. Nunca antes había visitado Ascona, pero percibe un aire familiar. Sube por la montaña sin saber adónde va. A lo lejos, escucha el tamtam de un tambor. Se deja guiar por los ecos de la percusión hasta llegar a un prado. Un hombre con pantalones cortos y el torso descubierto golpea el instrumento. Un grupo de mujeres desnudas gira en torno a él. Ese hombre alto y fuerte, de expresión dura y afable, le parece la encarnación de Apolo. Mary contiene la respiración y los observa, escondida entre unos arbustos. Se esfuerza por inspirar y exhalar con tranquilidad. Su cuerpo está en estado de alerta. El baile de las mujeres es completamente libre. Giran en ronda tomadas de la mano. Sus cuerpos se expanden en distintas direcciones como una bandada de pájaros que se junta y se dispersa guiada por el tambor. Por momentos, los golpes son duros. Otras veces, las vibraciones se vuelven ágiles. Mary piensa entonces en un encantador de serpientes o en un flautista produciendo sonido con sus inspiraciones y espiraciones. Aunque forman un conjunto, las bailarinas son organismos autónomos. Cada una interpreta libremente las órdenes del tambor y, vista desde afuera, la coreografía refleja la sinergia entre los cuerpos.

La atracción que le generan es tan fuerte que se acerca en silencio, admirativa. ¡Oh, si aquel semidiós de ojos azules la autorizara a bailar con ellas! El hombre la mira con interés.

—Yo también sé bailar —dice ella.

—¿Qué esperas, entonces? —contesta él.

Mary siente el pulso rápido de la sangre en sus venas. Mientras se desviste teme que su corazón explote. Es el tipo de excitación que precede a los grandes hallazgos. Para darse confianza, se repite la frase que le sirve de mantra desde hace tiempo. Las palabras que se decía mientras trabajaba a escondidas de Dalcroze, su primer maestro. «Solo puede fluir o quebrarse». Sabe que cuando se trata de bailar no queda más remedio que ponerse en movimiento y entregarse al instante de peligro. Mary se une al grupo, que se abre sin vacilar. Son un cuerpo desmembrado y vivo, un enjambre de extremidades sacudidas por una fuerza que las sobrepasa.

Cuando terminan, la penumbra va ganando espacio. Las muchachas se visten entre risas y charlas. Respiran con fuerza y sus pulmones se llenan del aire fresco de la noche. Están en el verano de 1913. Mary sabe ahora, aunque en realidad lo supo desde un primer momento, que el hombre del tambor es Rudolf von Laban, su futuro maestro. Von Laban será su guía, el sacerdote de una religión desconocida, el mago capaz de ponerla en movimiento con una sola orden. Mary observa con atención sus músculos, su piel bronceada por el sol, su sonrisa de fauno. Después de años de avanzar a tientas, de buscarse y perderse en los escenarios entre las miradas contrariadas de los que le aconsejaban abandonar, siente que ese hombre, esas montañas y esas mujeres pueden ser su salvación. Ha llegado a casa.

Esa misma noche, Mary Wigman conoce a la que, con el paso del tiempo, va a convertirse en una querida amiga. Ida Hofmann le alquila un cuarto con vista al lago. Su habitación está situada en una pequeña cabaña de madera sobre la colina. Más tarde, Mary le cuenta que su deseo más íntimo es dinamitar la danza clásica. Ida la toma de las manos y le dice al oído: «La revolución anida en tu cuerpo». El deseo que la recorre ha dejado huellas en su piel. Le costó mucho tiempo encontrar su camino y recién a los veintisiete años, a una edad en la que muchas bailarinas se preparan para retirarse, ella empezó a vislumbrar las posibilidades de su cuerpo y de su imaginación. Aunque su convicción todavía no tiene nombre, Ida sabe reconocer a la gente dominada por una pasión así. La cercanía con las discípulas de Von Laban la convence de que no es necesario tener un cuerpo ligero, pies delicados ni una columna vertebral elástica para dedicarse a la danza que ellos están creando. Lo que se necesita es imaginación y constancia, trabajo y sudor.

¿Cuántas veces se maldecirá y golpeará su cuerpo contra los muros de su habitación? ¿Cuántas veces querrá abandonarlo todo? En cada momento de debilidad, la mirada de su ángel exterminador se lo impide. Apenas lo conoce y ya se siente en deuda con él. Es su hermano, su amante y el profeta de su única religión. Ida tampoco resiste a su erotismo, a su mirada de titán, que saca lo mejor y lo peor de cada uno. ¿Cuántas compartirán su cuerpo y se dejarán aplastar por su abrazo violento y afectuoso? Allí no hay lugar para los celos. La libertad es la única premisa, y el objetivo que Mary se ha fijado desde que desbarató los planes de sus padres. Ese es otro punto en común con Ida. Sus familias imaginaron para ellas un futuro convencional hecho de esposos e hijos. Les buscaron pretendientes dignos y fijaron los preparativos de sus bodas. Desde que Mary lo supo, nada le resultó más urgente que liberarse de ese destino. Por supuesto, no es el miedo de deformar su cuerpo lo que la aterra de la maternidad. Su osamenta es más capaz de soportar el peso de un vientre hinchado que el de las interminables flexiones y extensiones que se impone cada día con su rutina de danza. Los músculos de Mary están habituados a distenderse y contraerse abruptamente, pero la sola idea de volverse responsable de un pequeño ser carne de su carne le hiela la sangre.

Su cuerpo ha encontrado otros canales de expresión. En eso coincide con Ida. Cada minuto de su vida debe estar destinado a componer algo nuevo. No importa que tenga que sacrificarse, está hecha para el trabajo y tolera bien la falta de sueño y el hambre. Mary está convencida de que puede hacer grandes cosas, pero la imagen de su carne desgarrada y los berridos de una criatura no forman parte de ellas. Von Laban la entrena día y noche junto a su *troupe*. No le da respiro. Aunque no se lo diga, detecta en ella el germen de una gran coreógrafa y bailarina. El grupo repite una y otra vez la misma pantomima, los gestos mecánicos se encadenan hasta perder sentido. Más de una vez sus rodillas ceden. Mary cae al suelo temblando de agotamiento. «De nuevo», ordena Von Laban, y ella se pone de pie.

Su maestro acaba de ver la primera versión de su *Hexentanz*, su «Danza de la bruja». Mary vio su rostro iluminarse y sintió que podía morir de alegría. Está convencido de que va por el buen camino. Esa pieza va a ser central en su futuro repertorio, pero todavía hay mucho por hacer. Los días pasan y Mary no puede evitar sentir que no trabaja lo suficiente. Con la llegada del invierno, las jornadas se acortan. Por las noches, los discípulos de Von Laban van a una taberna cercana. El maestro tira una moneda al aire. ¿Cara o cruz? Cuando es cara la que toca el suelo, saben que pueden beber a cuenta suya. Toman un lambrusco áspero que les hace picar el paladar. Como acompañamiento, piden un pan salado que se volvió su comida preferida. Esas noches vuelven a sus cabañas ebrios, gravitando en círculos como astros atraídos por la luz de la luna.

En algún momento la Primera Guerra Mundial estalla y, poco a poco, todos terminan yéndose. Solo Mary Wigman y Von Laban se quedan. Ida y Henri los tratan como si fueran parte de su familia, pero la asfixia empieza a subir por las paredes. El equilibrio cotidiano se ha vuelto frágil. De un día al otro, todo se ha puesto en tensión. Mary roza la superficie de los objetos con la punta de sus dedos y sabe que están a punto de quebrarse. Por las noches, observa las sombras de los árboles desde la ventana del salón de la residencia principal. La belleza del paisaje le resulta amenazante. Cada vez más seguido, no logra dormir de noche. Desde su cama, escucha la marcha silenciosa de los fantasmas que hace solo unos meses poblaban el sanatorio con sus risas y sus bailes. No quiere cerrar los ojos. Teme que la araña que anida en el techo baje y teja su velo sobre sus miembros. El peligro está entre ellos, a solo unos pasos, pero Von Laban insiste y siguen trabajando como si la danza del futuro fuera lo único capaz de darles sentido a las atrocidades de la guerra. Lo único digno de sobrevivir después del fin.

Un taxi las lleva hasta la dirección que Ignazio le anotó en el mail. Se detiene en la entrada de un camino privado. Por supuesto, no tienen idea de cómo es la casa a la que van. Puesto que el taxímetro indica que tendrán que desembolsar una buena cantidad de francos para pagar, le piden al conductor que las deje cuesta arriba, al final del camino. El portón está abierto, señal de que esperan invitados. Subiendo por un sendero bordeado de tilos, se adivina una imponente villa italiana. Los postigos de un verde oscuro contrastan con el resto de las paredes descascaradas. Al mirar a través de las ventanas de la planta baja no distinguen a nadie, pero un eco de risas les confirma que hay gente. Pagan el taxi y rodean la casa siguiendo las voces. En el jardín posterior se topan con un grupo de unas diez personas. Varias botellas de vino, vasos plásticos y ceniceros ocupan una larga mesa de madera que debe usarse para los desayunos y almuerzos familiares. Ignazio conversa con una chica, levemente apoyado sobre un extremo de la mesa. Como él no las ve llegar, se acercan para saludarlo. Lleva una camisa abierta sobre una remera blanca y zapatillas de lona que habrán conocido tiempos mejores. De noche, y con una botella de cerveza entre las manos, Verónica lo encuentra más atractivo. Ignazio la presenta como la «investigadora de Monte Verità» y les propone buscar algo para tomar.

Entran a la cocina a buscar unas bebidas y siente la emoción de los infractores. Los propietarios están de viaje. Es su nieta la que organizó la fiesta. Ya se la presentará. Está algo más abajo, cerca del lago. Aunque no estén haciendo nada raro, entrar en una casa en ausencia de sus dueños le causa una alegría infantil. Todo, desde la antigua heladera de un blanco cremoso hasta el reloj de péndulo, invita a un viaje a los años ochenta. Ignazio les propone visitar la planta baja. Al salir de la cocina, un corredor enlaza con las cuatro salas principales. La primera es un salón con un viejo piano de cola, sofás de terciopelo color guinda y una chimenea. Hay pilas de libros desparramados sobre las mesas bajas. Jo improvisa una melodía simple presionando algunas teclas del piano. Verónica no puede evitar acariciar la tela suave de uno de los sillones y dejarse llevar por un sentimiento de confort. Podría pasarse la noche ahí.

La visita continúa hacia un salón de lectura. La soberbia biblioteca llega prácticamente hasta el techo. En los estantes, algunas máscaras africanas y variedad de fotografías familiares se hacen un hueco entre los libros. Al fondo se distingue un enorme escritorio con lámpara de lectura en el que hay unas cuantas carpetas, libros abiertos y tazones llenos de lápices y lapiceras. El lugar ideal para darle forma a un ensayo sobre utopías, se dice con un dejo mitad burlón, mitad nostálgico. Antes de terminar la visita, pasan por un salón comedor de mobiliario espartano. De vuelta en el pasillo, ella admira unos candelabros con motivos vegetales de un verde ennegrecido y se detiene a observar algunas pinturas de paisajes y dos antiguos mapamundis enfrentados. A su izquierda, una vieja representación de América Latina y del hemisferio norte. Del lado opuesto, el resto del viejo mundo. Aunque una escalera conduce al primer piso, el guía da la visita por terminada. En el patio solo quedan un par de personas tomando y fumando. Ignazio saca un pack de cervezas de la heladera y les propone bajar hasta el lago.

El camino no está iluminado. Encienden las linternas de sus celulares y tratan de prestarles atención a sus pies. A pesar de la oscuridad, reconoce algunos tilos y palmeras. Por momentos, las ramas de los árboles filtran algo de luz y logra ver el inmenso jardín que separa la casa del lago. Algunas estatuas blancas de cuerpos femeninos se adivinan a lo lejos y trazan ángulos con caminos posibles. Ignazio señala hacia un punto invisible y les explica que el estanque que sirve de piscina está unos metros más atrás. Al rato, llegan a una pequeña playa privada. Hay gente sentada contra los árboles y sobre unas mantas de lana. Por los altoparlantes suena música *indie*. La gente habla y saca bebidas y hielo de unas heladeras portátiles instaladas sobre la arena, a unos metros del agua. Un poco más lejos, identifican al grupo más voluminoso. Son unas diez o quince personas desparramadas alrededor de un fogón. Algunos charlan sobre la arena, otros de pie. Mirando las llamas, Verónica se asombra de que los suizos autoricen las fogatas recreativas.

Ignazio camina hasta allí y se pone a hablar con un amigo. Se olvidó de que las tres vienen detrás de él como patitos en fila. Para evitar el momento incómodo, deshacen la escuadra y se alejan unos metros para comentar la situación. Sus amigas están encantadas con el plan. Pero pronto se dan cuenta de que el promedio de juventud sobrepasa sus previsiones más optimistas. De hecho, la mayoría de las personas son *demasiado* jóvenes. Observan a las adolescentes que circulan cerca del lago. Piel lozana, All Stars o plataformas Dr. Martens, shorts de tiro alto y remeras de colores lisos. Por sus uniformes, arriesgaría que tienen la edad de sus alumnas de primer año de la universidad. A pesar de algunas ligeras variaciones en el color o el corte de pelo, el peso o la altura, le parecen fabricadas en serie como esponjosos y adorables cupcakes.

Con una mueca atónita, Jo señala que se infiltraron en una fiesta de final de curso. Las tres asienten frente a la evidencia de que son, de lejos, las más veteranas del lugar. Analizando de un vistazo a los grupitos que charlan cerca del agua o debajo de los árboles, las tranquiliza reconocer algunos rostros adultos e inicios de canas más cercanas a la cuarentena. Ignazio y su amigo, por ejemplo, deben tener algunos años más que ellas. No logran adivinar quién está a cargo de la fiesta. Mientras sus amigas comparten sus impresiones, ella se concentra en unos retazos de conversación en italiano entre dos chicas que discuten no muy lejos. Como hablan fuerte logra entender que están criticando el comportamiento de una tercera, una tal Laura. Despotrican contra su necesidad de llamar la atención. Parecen convencidas de que su último plan de victimización no es más que un intento para hacerse ver. Enseguida se ponen a hablar de un acto escolar o una obra de teatro. Mencionan unas máscaras y el hecho de que no pueden esperar para ver los disfraces de sus compañeros. Se ríen a carcajadas e imitan ruidos guturales. Verónica pierde la línea de la conversación, pero el paréntesis no viene del todo mal porque Ignazio se acerca precisamente hacia ellas.

—Entonces, ¿todavía no se hicieron amigos? —bromea.

Inesperadamente, la toma del hombro y le señala a una chica de pelo corto, de un rubio casi platinado. No la había visto al llegar. Está del otro lado del fogón y es, aparentemente, la anfitriona. Ignazio propone que vayan a saludarla. Mientras caminan en su dirección, Verónica nota cómo él se le acerca con una complicidad desconocida para susurrarle al oído que no se ha olvidado de sus documentos. Están en su bolso, que quedó en la casa. Se los dará más tarde. El bibliotecario abraza a la chica rubia, que tiene ojos de un celeste casi transparente. Por la familiaridad de sus gestos, debe conocerla desde hace mucho.

—¡Laura querida! Te presento a unas amigas. Vinieron a Ascona a investigar sobre Monte Verità. Seguro Verónica ha oído hablar de tu abuela, Hetty Rogantini-De Beauclair.

El apellido que pronuncia imitando una mímica pomposa le suena muchísimo, pero no recuerda de dónde. Para no demostrar que no sabe quién es su abuela, sonríe y le agradece por recibirlas en su casa. En inglés, le explica que están de paso. Recién llegaron a Ascona hoy. Señala vagamente en dirección de la villa y del lago y elogia el lugar. Laura la mira con interés y responde en un perfecto inglés londinense.

—Bienvenidas. Ignazio es parte de la familia. Es cierto que Hetty es el ángel guardián de Monte Verità. Últimamente está muy cansada, pero si necesitan algo pueden contar conmigo.

Verónica le agradece. Le molesta no entender qué vínculo puede tener esa chica con su investigación. Está a punto de pedirle explicaciones a Ignazio cuando un adolescente se les acerca. Pide silencio y los invita a sentarse en hileras a unos metros del fogón. En algunos minutos van a asistir a una performance. Se acomodan sobre la arena tratando de no volcar sus cervezas. Ignazio les cuenta que se trata de la obra de fin de año del liceo. Por lo que le comentó Laura, la vienen preparando desde hace meses, aunque él no sabe de qué va. Jo y Diana están encantadas y cuchichean hablándose al oído. Parecen arpías iluminadas por el fuego. Verónica conoce de memoria el escáner social que les están aplicando a los invitados. El golpe vibrante de un gong anuncia el inicio del espectáculo. Poco a poco, los murmullos se apagan y siente la rodilla de Ignazio rozando la suya. ¿Lo habrá hecho a propósito?

Todos miran hacia el fogón y ella aprovecha el clima de concentración general para no correrse ni un centímetro de su lugar. Se escuchan las percusiones de un tambor. Al cabo de un rato, un grupo se acerca al fuego. Avanzan despacio y sus siluetas sobresalen detrás de las llamas. Cuando están cerca, ve que son adolescentes. Llevan vestidos blancos que les llegan a los tobillos, como camisones de abuelas. En silencio, imitan los rituales del buen entendimiento. Simulan que cosechan la tierra y que construyen una casa. Una de ellas interpreta el rol de una niña y espera, en cuclillas, que las otras pongan un techo imaginario sobre su cabeza. Los primeros minutos pasan mientras las chicas tejen, hilan, cortan y cosen vestimentas, cazan y recolectan frutos.

Ellas bailan en ronda. Dirigen sus brazos hacia el cielo y luego hacia el suelo, en una especie de ritual de agradecimiento. En ese momento, algunos de los chicos que estaban sentados empiezan a sacudirse con movimientos extraños. Alguien lanza un discreto sshhhhh, pero la agitación solo está empezando. Un adolescente se para encorvado y empieza a balancearse en su lugar. Mira de reojo a las que bailan. Otros se rascan la cabeza y hacen ruidos guturales. De repente, uno lanza un grito y otros tres varones se ponen de pie. Avanzan como borrachos, imitando una mímica simiesca. Se acercan a las muchachas que bailan, ajenas a lo que ocurre más allá de su círculo. Uno toca a una de las chicas y la ronda se detiene. El hombre mono olfatea su ropa y empieza a tironearle el camisón. Los otros lo imitan. Al cabo de unos segundos, la situación degenera. Los adolescentes empujan a las chicas, las hacen trastabillar y se les tiran encima. Ellas gritan y se debaten en la arena para liberarse. Piden ayuda. Ignazio se pone de pie y otras personas lo imitan. Los «basta», «paren», «déjenlas» empiezan a escucharse. Algunos adultos están por ir a separarlos cuando la voz de Laura surge, seca y autoritaria, desde el fondo.

—La obra no terminó. Silencio y a sus lugares.

Verónica se da vuelta y la mira buscando explicaciones. Las chicas siguen gritando mientras los jóvenes monos imitan una violación. Alguien dice: «Qué asco, qué horror de obra», y varias personas se alejan chistando. Ellas siguen paradas y sin saber qué hacer. Al final, los monos se calman y se tiran a descansar en la arena. Las chicas llorosas y con los camisones llenos de arena se levantan y abandonan la escena. Después de un rato, uno de los chicos se pone de pie. Deja la mirada clavada en el suelo durante unos instantes. Cuando levanta la vista, anuncia que nueve meses después asistiremos al nacimiento de la raza humana.

Alguien, tal vez Laura o algún otro de sus compañeros, empieza a aplaudir con insistencia. De a poco, los adolescentes que estaban en el suelo se ponen de pie y ensayan una reverencia teatral para las pocas personas que quedan en torno al fogón.

El grupo se deshace en un clima incómodo. La música vuelve a sonar, pero no alcanza a borrar el mal gusto. Ignazio propone reemplazar las cervezas tibias por unas nuevas que abre con su llavero.

—Menuda pieza se han montado para fin de año —comenta Jo.

—Sí, ¿eh? No creo que el tema sea del agrado del consejo de padres —dice Ignazio pasándose una mano por el pelo.

—¿Hace mucho que conocés a Laura? —pregunta Verónica.

—Desde que es chica. Soy muy amigo de sus abuelos. De adolescente me pasaba el día explorando la casa, leyendo libros de la biblioteca. Casi te diría que me criaron un poco. Mis padres no tenían familia cerca y las hijas de ellos vivían lejos. Nos adoptaron, como se dice.

Le gustaría saber más, pero el estilo interrogatorio no es lo suyo. Decide llamarse al silencio confiando en que las mejores revelaciones suelen llegar solas, si se está atenta y con los sentidos algo despabilados.

—Gracias por haber buscado en los archivos. Espero no haberte causado muchas molestias.

Ignazio la mira confundido y, por un momento, ella duda de su promesa.

—Los documentos sobre Lotte y la pintora Sophie Benz, sí. No es nada. No me costó mucho encontrarlos. Su sobrina nieta los había solicitado hace algún tiempo. Si no me equivoco, estaba preparando una biografía. ¿O era un documental?

Las zapatillas de Ignazio están hundidas en la arena. Verónica se pregunta qué hace alguien como él en los archivos municipales. ¿Habrá hecho la carrera de bibliotecario o de conservador? Ninguna de las opciones la convence. Tiene la piel bronceada y elástica de alguien que pasó buena parte de su vida cerca del mar.

—Hablando de eso. En un rato podemos subir y te doy los documentos. Voy a tener que irme temprano. Así no nos olvidamos.

Ella asiente con la cabeza y piensa, con algo de pena, que seguramente tiene pareja. Lo más importante es no mostrar su desilusión. Pueden subir a buscar su mochila cuando quiera.

—No hay apuro —responde él con una sonrisa incómoda.

Siente que la mira con culpa, como si hubiera adivinado su pena. ¿O es él el que no quiere irse?

—Ahí nos vemos —le dice chocando cervezas en señal de despedida, para alejarse después en la dirección de Laura y sus amigos.

Por suerte, Diana y Josefina siguen comentando la obra. Intentando no ser demasiado obvia, ella cambia de posición en el círculo para poder espiarlo. Aunque solo sea por eso, habrán ido hasta allí por los documentos, piensa mientras toma un sorbo de cerveza.

Iluminada, Diana advierte que aquel es el lugar ideal para el *trip* de LSD.

—¡Mierda! —dice Jo—. Nos olvidamos de buscar una farmacia y comprar la jeringa para medir los mililitros.

—¡No! —agrega Diana, que no para de echarle el ojo a uno de los adolescentes que está parado cerca del fogón.

Sus amigas manifiestan inquietantes síntomas de camaleonismo generacional. Se han sobreadaptado al clima adolescente y hasta han recuperado ciertos gestos de cuando eran chicas. Jo fue a buscar un vaso de plástico y observa el frasquito de LSD aguzando la vista, como si la comparación con el vaso pudiera darle alguna exactitud sobre los diez mililitros que deberían tomar. Diana recuerda que quedaban ocho dosis, y propone dividir el contenido en ocho vasos iguales y tomar una de las partes. Aunque la idea no es mala, Jo se niega. Una parte va a terminar sobre la arena y van a perder la cuenta.

—Ya sé. Pedile a Ignazio o a Laura si no tienen en la casa uno de esos medidores para los jarabes de los chicos. Deciles que tenés que tomar un medicamento o inventate cualquier excusa.

—Para eso les digo la verdad.

—¡Estás loca! —dice Jo—. A ver si quieren que les convidemos. John va a querer que le lleve lo que sobre. —Las mira como si fueran adictas recién salidas de una granja de rehabilitación—. Solo nos falta terminar presas por incitación a las drogas. No. Si lo hacemos, lo hacemos nosotras, como era el plan inicial.

La repentina cólera de su amiga le causa gracia. Está claro que la idea de malgastar el LSD la exaspera. Jo la mira con insistencia, como si le estuviera encomendando una misión muy importante. Verónica siente ganas de reírse, pero el brillo esperanzado de los ojos de su amiga la contiene. En un punto la entiende. No está claro qué hacen allí. La única cosa clara es que están viviendo un episodio de adolescencia tardía. Tal vez sea el último que vivan juntas. La última ocasión de jugar a ser púberes antes de que Diana y su novio se decidan a procrear; antes de que ella y Adrien se sepulten con la bestia en algún lejano confín permacultural; antes de que Jo y John consuman el resto del frasquito en alguna fiesta electrónica a la que no estarán invitadas. Su mirada se desliza de sus amigas, que le imploran que vaya a la villa a buscar el medidor, a Ignazio, parado unos metros más lejos.

Lo ve de perfil, pero juraría que está haciendo lo mismo que ella. Apostaría a que él también la está espiando. Se imagina tirada con él sobre una vieja manta, débilmente iluminados por las brasas del fogón. ¿Tendría que acercarse a hablarle? La excusa del medidor de jarabe tal vez no sea tan mala. ¿Pensará que es una idiota? ¿La encontrará canchera o desubicada? Tiene que temporizar con sus amigas, pedirles que le den unos minutos. Les asegura que ya mismo va a infiltrarse en la casa para hurgar en las salas de baño y en la cocina. Se deja mecer por el vaivén del lago, por las corrientes subterráneas en las que se bañaron sus hippies del 1900. El agua calma en la que quizás los futuros viejitos suicidas de la fundación mojen sus pies una última vez.

Una mano en el hombro la devuelve a la realidad. Es Ignazio, que viene a sugerirle que vayan a buscar los documentos. Se marchará justo después, pero le dice que pueden quedarse todo lo que quieran. Seguro alguien puede llevarlas hasta el centro más tarde.

—Pará, ¿no podemos llamar un taxi?

Ignazio le sonríe como si fuera una niña.

—Esto no es una gran ciudad. No hay taxis después de las doce —le explica—. No te preocupes, que seguro alguien va para

Ascona. En el peor de los casos, hay unos buses nocturnos que pasan cada hora.

El futuro de la noche está lejos de ser radiante y, por un instante, Verónica duda en preguntarle si no es mejor que se vayan juntos. Por otro lado, no hay chance de que sus amigas acepten irse justo ahora. Resignada, asiente y les avisa a las chicas que la esperen, en un rato está de vuelta. Antes de darles la espalda, distingue sus pulgares arriba, en señal de aliento. La luna está más alta ahora, así que no es necesario iluminar el camino. Siente la humedad del pasto entre los dedos de los pies. Un silencio incómodo se instala durante el ascenso. Debería decir algo, pero solo piensa en por qué él se tiene que ir con tanta urgencia.

—¿Te esperan en tu casa? —le pregunta con un tono falsamente desinteresado.

—No, pero mañana tengo un día cargado. Los fines de semana llevo a mi hijo a escalar y paso a buscarlo temprano por lo de su madre.

Su respuesta es contundente. Está separado y tiene un hijo en edad de escalar montañas.

—Qué lindo. ¿Adónde van?

—Tratamos de hacer distintos itinerarios. Mañana pensábamos ir a Lavertezzo.

Verónica le comenta que ellas también querían hacer un plan en la montaña alguno de los días siguientes.

—Hay muchos lugares para ir de excursión. Pero si hoy se acuestan tarde, tal vez mañana les convenga hacer algo tranquilo.

Ignazio reflexiona y le sugiere que vayan a las islas Brissago.

—Hay un jardín botánico —dice—, y es el lugar en el que vivió la baronesa de Saint-Léger. Esa mujer es toda una institución en la zona, casi como los monteveritanos.

Ignazio le explica que fue una gran mecenas. Artistas y escritores, algunos muy conocidos, solían pasar una estadía en su isla.

Ella le agradece el consejo, aunque internamente se maldice por haber iniciado una conversación que le clava la vulgar etiqueta de «turista». Vuelven a entrar en la cocina por la puerta trasera. Ignazio dejó sus cosas en el primer piso. Hasta el día de hoy, los abuelos de Laura siempre dejan uno de los cuartos de invitados a su disposición, como cuando era chico y se quedaba a dormir allí. El detalle la desconcierta. En la cocina en penumbras, le acaba de explicar que tiene un cuarto disponible a unos pasos, y ella sabe que la propiedad está vacía y que a Laura no le va ni le viene que él pase la noche allí. Mucho menos debería importarle si está o no acompañado. ¿Le está haciendo una propuesta? Nunca fue muy intuitiva, pero los diez años de pareja que lleva con Adrien no mejoraron su capacidad de leer las señales de los hombres.

Intenta cambiar el escenario mental del fogón y la manta arenosa por el de un cuarto de infancia.

—¿Vamos? —dice él señalando con un movimiento de mentón hacia el primer piso.

Verónica lo sigue. Ya en el corredor avanzan unos metros hasta la escalera, pero no encienden las luces. Caminan despacio, y está tentada de ponerle una mano en el hombro para no tropezarse.

—¿Ves bien? —pregunta Ignazio haciendo referencia al inicio de la escalera, y ubica su mano sobre la suya en el pasamanos.

A pesar de la oscuridad, Verónica reconoce su cuerpo acercándose al suyo. Adivina la boca a la altura de su oreja, como si estuviera por susurrarle algo. Solo que esta vez no hay palabras, nada más que una respiración y un roce de labios. Se dan un beso lento, interminable. Sus brazos rodean su cintura y se deslizan por los extremos de su vestido. Siente sus manos contra las suyas en su espalda. Suben al primer piso y él la conduce hacia uno de los cuartos. Ya adentro, la sienta en la cama y la acerca hacia él.

Algo en ella quiere y no quiere estar ahí. Cierra los ojos y trata de concentrarse en la sensación de ser besada y acariciada por una boca y unas manos que no conoce. Cada movimiento la desconcierta un poco. Ahora que sus cuerpos están prácticamente pegados, que su pelo castaño se mezcla con el suyo, se da cuenta de la confusión. No es él el que le genera deseo. Podría haberle pasado lo mismo con cualquier desconocido. El placer que siente, y al que todavía se resiste, es el de dejarse guiar por un cuerpo con otro ritmo. El gusto de otra saliva en su boca podría darle asco, molestarla, pero no es el caso. Sobre todo, la excita la idea de jugar, aunque más no sea por esa noche, a ser otra. ¿No es eso, a fin de cuentas, lo que está buscando desde que se fue de su casa? Que el viaje la transforme en una desconocida, alguien con quien se puede compartir una noche sin necesidad de saber mucho más. Solo ser otra por un rato. Hace tanto tiempo que no le pasa que se olvidó lo bien que se siente.

Él la acuesta a su lado y la besa en el cuello. Empieza a subirle el vestido cuando siente que suspira hondo. Hace un chasquido raro con la lengua y le susurra algo al oído.

—No tienes un condón, ¿verdad?

Ella niega con la cabeza. Es curioso, pero no tiene nada encima. Se da cuenta de que no agarró su cartera ni su teléfono. ¿Habrá sido una manera inconsciente de convencerse de que debía subir despojada, metafóricamente desnuda? De todas formas, no hubiera cambiado nada. No suele llevar preservativos en la cartera. La pregunta la hace sonreír. Es casi tierno, piensa. Se da cuenta de que Ignazio no tiene por qué saber que ella está casada. Que no le ocurre seguido querer tener sexo con desconocidos. Tal vez las mujeres con las que él se acuesta sí llevan preservativos en su cartera y por eso pregunta. Son mujeres preparadas para aventuras de una noche.

—¿Vos no trajiste?

—Es que, la verdad, no esperaba que pasara algo esta noche —contesta él.

Se nota que es sincero y que está un poco avergonzado. En un acto reflejo, encendió la lámpara de la mesa de luz y se puso a revisar los cajones. La pantomima fue corta. Solo duró unos segundos, como si quisiera constatar algo que ya sabía. Vuelven a besarse, pero el ritmo cambió. Sus caricias son más lentas. Ya no tienen la urgencia de hace un momento. El obstáculo práctico abrió un paréntesis. La luz, y el hecho de haber puesto en palabras que ninguno de los dos estaba esperando acostarse con el otro, la lleva a mirarlo con algo más de atención. ¿Realmente quería estar con él? Ninguno parece saber muy bien cómo seguir. Corriéndose un poco hacia el borde de la cama, distingue mejor las paredes llenas de viejos pósters que anuncian exhibiciones, partidos de Roland Garros y regatas de hace más de treinta años. Es un cuarto pequeño con un armario ubicado en un rincón, un escritorio y dos camas simples puestas una contra otra. Con la mayor delicadeza de la que es capaz, se arregla el vestido y se acerca hacia el escritorio ubicado contra la ventana. Hay algunos papeles y libros de historia. Ignazio la sigue con la vista.

—Te corté el rollo, lo siento. De verdad me gustas.

Se nota que quiere agregar algo y no sabe cómo decirlo sin ofenderla. Sopesa interiormente cómo se va a tomar sus palabras.

—En los archivos vi que llevabas una alianza y no me imaginé que ibas a querer liarte conmigo... Vaya, me siento fatal.

Verónica se da vuelta para mirarlo. No parece irritado, solamente detecta su decepción. Sigue ligeramente recostado en la cama, con un antebrazo apoyado sobre el colchón y las piernas cruzadas. Es cierto que no tiene nada especial. Es simplemente alguien que no la conoce. Le resulta irónico pensar que está tan cerca de la Montaña de la Verdad, cuna del poliamor, solo a algunos kilómetros de distancia de los efebos *queer* de Elisarion, tan lejos de Adrien y de la bestia, confrontada al dilema decimonónico del adulterio.

—No pasa nada —improvisa—. Tal vez es mejor así.

Ignazio la mira, lanza otro suspiro y se le acerca. Con un gesto de una familiaridad inusual, la aprieta contra él. Sus brazos le rodean la cintura. No sabe si es intencional, pero siente que le besa el pelo a la altura de la nuca, sin bajar hasta el cuello. Aunque es algo incómodo, el abrazo no le desagrada.

—Vale. Te doy tus documentos —le dice mientras le acaricia la mejilla. Se acerca al escritorio y busca algo en un bolso de cuero apoyado sobre la silla. Saca una carpeta finita de cartulina amarilla—. He fotocopiado algunos titulares de periódicos italianos y un documento mecanografiado con el acta de defunción de Pauline Lotte Hattemer.

La carpeta se balancea en sus dedos como un fruto maduro y amenaza con volcar su contenido al suelo. Demasiado abruptamente para su gusto, Ignazio dice que debería irse. Al final se hizo tarde y mañana tiene un día largo. Guarda sus cosas en el bolso, agarra una campera que estaba colgada en el respaldo de la silla y le propone bajar. Las luces del pasillo se encienden ahora como si tuvieran detectores de movimiento y la oscuridad de hace un rato no hubiera sido más que un falso recuerdo, una embolia transitoria de sus neuronas. Le parece que Ignazio baja las escaleras increíblemente rápido, juraría que va saltando de a dos peldaños. Ya abajo, atraviesan la cocina, apagan las luces y, de vuelta en el patio, se topan con la humedad de la noche. En algún momento refrescó, piensa Verónica mirando el revestimiento de piel que sobresale del interior de su abrigo. Ignazio la toma de las manos y la mira como si esta vez fuera él el que quiere sacarle información.

—¿Bajas con tus amigas? No te preocupes, que seguro alguien las lleva hasta Ascona.

Verónica le agradece y le suelta las manos. Le asegura que sabrán volver. Para hacer algo, o tal vez para darse calor, aprieta la carpeta contra su cuerpo. Prefiere evitar el clima de despedida, así que lanza un rápido: «Pásenla lindo mañana, chau», y enfila en dirección del lago. Oye, o tal vez imagina un *Ciao, bella*, pero es como un eco lejano. No se da vuelta. Como no tiene con qué iluminarse, camina muy despacio calculando dónde apoya los pies, no vaya a ser que se esguince el tobillo y tengan que quedarse el resto de la semana sentadas al sol en las reposeras de la fundación, dándoles charla a los viejitos.

Durante el vacilante descenso no puede evitar pensar en lo que acaba de pasarle. Intenta ser sincera. Sería hipócrita no reconocer que muchas veces fantaseó con tener aventuras o incluso un amante, pero hasta ahora nunca sintió que fuera capaz. De hecho, se lo planteaba más bien teóricamente, como la posibilidad de abrir una ventana para dejar entrar un poco de aire. Tal vez si nunca concretó nada más allá de algunos intercambios de mensajes ambiguos o algún exceso de alcohol con un colega o dos, es porque dudaba de su deseo. O por lo menos desconfiaba, no se sentía capaz de dejarse llevar. La idea de volver a casa con Adrien después de haber estado con otro la ponía mal. Y la perspectiva de empezar una relación adúltera le parecía ridícula. No quería otro amor. Aunque la vida de pareja le resultara algo aburrida y extrañara la pasión de los primeros tiempos, tenía que reconocer que seguía enamorada.

Se da cuenta de que va hablando sola y se detiene sobresaltada cada vez que sus sandalias resbalan sobre la hierba mojada. A pesar de la adrenalina, tiene frío y está algo aturdida. Solo espera que sus amigas estén cerca y no a los besos con algún adolescente. No le dio ni un vistazo al contenido de la carpeta y tampoco le preguntó a Ignazio cuál era el vínculo entre la abuela de Laura y los monteveritanos. Nadie la obligó a querer transformar a su informante en una aventura de fin de semana, se dice con una mueca amarga.

Cuando llega al lago, las miradas alcoholizadas de Jo y Diana siguen, como hace un rato, planeando sobre el fogón. De repente, constata que se olvidó completamente del cuentagotas. En estas situaciones, piensa, mejor improvisar. Pone su mejor cara de circunstancia y afirma, apretando los labios con un gesto de resignación:

—No había nada, chicas. Buscamos en los botiquines, dimos vuelta los cajones de la cocina. No encontramos nada. Se nota que no hay bebés en esa casa.

Sus amigas la miran con una sonrisa enigmática. No le hacen reproches. Aceptan la información que les da como una fatalidad o como un detalle sin ninguna importancia.

—Acabamos de tomar, tía —le dice Jo sonriente—. Si quieres, ve a calcular tu parte con el vaso de plástico. Tomamos menos de lo que nos dijo John, para no correr el riesgo de pasarnos.

Con los pelos revueltos iluminados por las llamas, parecen gorgonas. Las mira incrédula: ¿de verdad tomaron sin ella? Mira el frasquito que descansa sobre la arena, a los pies de Jo, y duda. Le parece que falta bastante más de lo que había hace un rato. Recuerda los fernets con Coca-Cola demasiado cargados que les preparaba Diana en su época de juventud. Siempre tenía que agregar gaseosa o volcar una parte del trago para aligerarlo. Nunca fue buena para calcular medidas. Guarda la carpeta en la mochila de Jo y piensa en Nico. No puede correr el riesgo de tomar cualquier cosa. Sus amigas le aseguran que todavía no sienten los efectos del LSD, pero la verdad es que hablan ridículamente alto, como si les costara percibir el sonido de sus voces. De a poco, se resigna. A falta de un conductor abstemio designado, será ella la que se ocupe de cuidarlas durante el *trip*. Las deja riéndose entre ellas y va a abrirse otra cerveza ya no muy fría.

Verónica observa a sus amigas. Después de haber pasado media hora admirando el fogón muertas de risa, se sacaron las sandalias y están mirándose los pies en el agua. Se las ve fascinadas con el vaivén de las olas. Al cabo de un rato su atención se dispersa. Jo viene a verla con las manos llenas de arena húmeda. Un denso líquido marrón le corre por las manos y ella insiste para que lo mire. ¿Alguna vez vio esa textura? El líquido le parece tener vida propia, bailar con sus manos. Algo incrédula de que ella no comparta la exaltación que le produce el barro, prescinde de ella. Por supuesto, se divierte más explorando el lugar con Diana. Verónica se pasa el resto de la noche charlando con un grupo de chicos. Se dice que debe ser una especie de deformación profesional que la hace sentirse cómoda con gente joven. La mayoría forma parte de la misma camada de egresados del colegio Papio, un tradicional instituto secundario de Ascona. Al bajar del bus que las trajo de Locarno, recuerda haber visto una elegante placa de bronce que anunciaba la entrada del colegio.

Por lo que entiende valiéndose de una confusa mezcla de inglés, español y francés, los profesores no están al tanto del contenido de la obra de fin de año. La idea era hacer una versión contemporánea de uno de los mitos de la creación de la humanidad que habría circulado entre los asconianos a inicios del siglo XX.

Tal vez no lo sabe, pero muchos de los intelectuales que se instalaron en Ascona en aquella época fueron pioneros en proyectar el rol central de las mujeres en la sociedad futura. Aunque los orígenes del mito no quedan del todo claros, se cree que fue el psicoanalista Otto Gross, crítico férreo del machismo de su tiempo, el que habría escrito una de sus versiones más acabadas. Una profesora de literatura les había hablado del tema en el curso del año pasado y no habían dejado de darle vueltas desde entonces. En la actualidad solo se conservan algunos fragmentos de la historia, que fue leída, además, como una reinterpretación del mito bíblico del pecado original. Lo que saben con seguridad es que una horda de seudosimios habría atacado a un grupo de mujeres que lideraban hasta entonces a la humanidad de manera inocente y pacífica. Después de esa violación fundacional, las mujeres fueron esclavizadas como esposas. Ese habría sido el acontecimiento que marcó la historia violenta de nuestra especie tal como la conocemos hasta el día de hoy.

Verónica piensa que ese mito no fue el único en denunciar los peligros del patriarcado. Otros de los pensadores que se establecieron en la región plantearon preceptos feministas que avalaban la idea de un retorno a un matriarcado primitivo. La idea de una divinidad femenina o el culto pagano a la Virgen María como una figura encubierta de la Gran Madre fueron también postulados que los asconianos intentaron difundir. Pero volviendo a la obra de teatro que acaban de ver, falta lo mejor, le aseguran. La segunda parte es una creación original. Una secuela contemporánea del mito de Gross. La idea es simple: algunas de las mujeres agredidas planean una venganza contra los hombres mono. Para llevarla a cabo se proponen asesinar a los retoños de la humanidad, matar a los recién nacidos fruto de la violación.

—¿La idea es asesinar bebés en la obra de teatro de fin de curso?

—Tal cual —le dice una chica de pelo largo, asombrada de que haya captado el concepto tan rápido—. No bebés reales. Pensábamos usar unos bebotes de juguete.

Verónica piensa en los nenucos adorados de su infancia asfixiados o apuñalados por esas chicas sonrientes.

—Igual no me queda claro. ¿Qué quieren demostrar con la obra? ¿Es una denuncia? —pregunta, incapaz de ocultar su veta pedagógica.

—Más bien una advertencia —responde un chico—. Algo así como: «Estos son los riesgos de acusar a la mitad de la humanidad de los males de la otra».

—Polémico —sentencia Verónica con una sonrisa genuinamente admirativa—. ¿Y las chicas están a favor?

—Fue de ellas la idea. Hace un año se suicidó un compañero. Lo acusaban de haber violado a una chica del colegio. Después del drama, ella confesó que no era cierto. Estaba enojada con él, nunca pensó que las cosas iban a terminar así. A ella los padres la sacaron del colegio y no volvimos a saber nada.

—Laura y algunas amigas tuvieron la idea. Querían hacerle un homenaje a Lucas, pero no en modo escrache. Al final, nuestra compañera también se arruinó la vida.

—Un homenaje sutil. Sin atribuir culpas. Algo con mitos y togas de algodón, estilo tragedia griega.

—Théo quiere decir obras «clásicas» —aclara una chica de pelo corto y flequillo rollinga—. Esas obras en las que se aceptan los asesinatos de bebés porque hay una fatalidad del destino.

—Claro, algo que lleve a reflexionar —agrega un chico tímido, con un buzo de capucha holgada que le oculta los ojos.

—Entiendo —dice ella—. Es osado.

—Igual no sabemos si se va a hacer. El consejo de profesores pidió que les dejemos ver la obra el lunes. Tal vez nos censuren.

Un rumor de desánimo se expande en el grupo. En algún momento, alguien apaga la música y todos empiezan a desertar. Son las cuatro de la madrugada. Aunque está algo borracha y sus amigas en pleno viaje lisérgico, tiene perfecta conciencia de que necesita que las lleven de vuelta al hotel.

—¿Alguien está en auto? ¿Podrán alcanzarnos hasta Ascona?

—Uhhh, pregúntale a Théo —dice la chica del flequillo rollinga—. Que yo sepa, solo él vino en auto.

—¿Y ustedes?

—Volvemos en bici o a pie. Vivimos cerca.

Verónica se dirige a Théo y le pregunta si podría llevarlas hasta Ascona. El chico sacude los hombros y el movimiento hace caer la capucha de su buzo, poniendo en evidencia unos enormes ojos verdes. Parece sorprendido. ¿Será la primera vez que un grupo de treintañeras intenta colarse en su auto? Arruga la frente y hace un esfuerzo para calcular la distancia años luz que los separa de Ascona.

—Puedo acercarlas hasta la estación de Locarno —dice después de una larga reflexión—. Hay un bus nocturno hasta Ascona. Quizás tarde un rato, pero pasa seguro.

Théo no espera respuesta. Se va ya en dirección a la villa. Verónica se pone a gesticular y les pide a sus amigas que se calcen las sandalias y la sigan. Como era esperable, tendrá que jugar el rol de niñera. Agarra su cartera y la mochila de Jo y las arrea cuesta arriba. A pesar de estar drogadas, aceptan órdenes con bastante buena voluntad, así que les hace cargar de a dos una de las heladeritas vacías. Resulta una buena estrategia. La idea de estar cumpliendo una orden les hace pensar que no están actuando tan raro. Sin dejar de mirarlas y darles instrucciones para que no se resbalen, trata de no perder de vista al chico del auto. Apenas llegan a la casa, las ayuda a dejar la heladera en el patio y las obliga a seguirla hasta la entrada. El autito salvador está estacionado a solo unos metros.

—Una va a tener que ir en tu regazo, eh —le dice Théo—. Apriétense bien porque vienen dos amigos más que están parando en la dirección opuesta. En realidad, traje el auto para llevarlos a ellos —aclara con la expresión adulta del que está al volante.

Dadas las circunstancias, se adaptan a lo que venga. Uno de los chicos se instala en el asiento del acompañante y otro se ubica en la banqueta de atrás. Van pegados como sardinas en una Subaru mini roja. Solo una vez adentro del auto parecen percatarse del estado en el que van sus amigas. Sin explayarse mucho sobre el tema, Verónica se disculpa y les dice que Diana y Jo bebieron demasiado. Por las risitas y los comentarios en italiano que ellos se hacen, está claro que identifican completamente lo que tomaron. Sus amigas van muertas de risa, y no paran de comentar la belleza extraordinaria de uno de los chicos, que les parece un ángel de Botticelli. Por suerte, no se animan a tocarle la cara, aunque se nota que se están muriendo de ganas.

El trayecto es más corto de lo que ella creía. Théo las deposita en la estación de buses. Diana desliza un «¿ya llegamos?», pero Verónica le da un codazo y las obliga a bajar. La mini Subaru retoma la ruta liberada de una carga de peso importante. Diana y Jo siguen a su amiga hasta la parada del autobús. Después de analizar el cartel con los horarios, suspira aliviada. El próximo debería pasar en unos quince minutos.

—Mejor tomar el bondi —dice Diana con las pupilas dilatadas—. El chico estaba muy borracho, podía ser peligroso.

—Era un riesgo —concede Verónica, incrédula por ese breve lapso de sensatez.

El viaje es animado. Las risas de sus amigas son lo único que se escucha. Los escasos pasajeros que viajan con ellas van sumidos en un silencio completo. Verónica ruega por que ninguno vaya a pedirles que dejen de hablar tan fuerte. El autobús se desplaza por las colinas a oscuras. Para su tranquilidad, tanto el conductor como los otros pasajeros están enfrascados en lo suyo. Ninguno parece notar el estado alterado de sus amigas. En la pantalla de su teléfono aparecen tres llamadas perdidas de Adrien. El número coincide con los días que pasaron desde el inicio del viaje. ¿Habrá ocurrido algo? No sería prudente llamarlo a esa hora, así que se limita a mandarle un mensaje de texto para saber si todo va bien.

Adrien le envió algunas fotos de la bestia. En la primera se lo ve en el jardín, vestido con un enterito a rayas y sombrero blanco. Está en brazos de su papá y sonríe. En la segunda foto, está en una inmensa bañadera color verde agua. Unas manos con uñas rojas le acercan un barco que él observa con atención. La mujer que le está dando el baño queda fuera de foco, pero detecta la mano de Adrien sosteniendo también el minúsculo barquito de madera. Los dedos de las dos manos prácticamente se rozan. Tiene algo con Ana, piensa. Estudia la imagen, la amplía e intenta determinar hasta qué punto es un delirio fruto de su reciente aventura frustrada o un indicio de lo que tal vez esté ocurriendo ya en los Pirineos.

Lo que más la preocupa es que Adrien no es de hacer las cosas a medias. Es capaz de enamorarse o, incluso peor, de confesarle una infidelidad y obligarla a tomar una decisión. El deseo es una tormenta que todo lo puede. Comparados con los fuegos artificiales de un nuevo amor, Adrien y ella son dos luciérnagas titilando en medio de la oscuridad. Irradian una luz tenue que no alcanza para iluminar el camino, pero que tiene el mérito de ser constante. Trata de recordar los primeros tiempos de su relación. La atracción armó un nido, y el huevo amoroso creció arrullado por el gorjeo de la razón. Es un amor de raíces que entran profundo en la tierra y engendran parejas maduras y equilibradas. La bestia es el capullo que demuestra que la plantita se porta bien. Está bien regada y debería poder resistir a las heladas del invierno.

Lucía le dijo una vez que enamorarse era como prenderle fuego a la casa y acuartelarse adentro: de esa no se sale con vida. Y los que lo logran tienen que aprender a vivir con el cuerpo marcado por las cicatrices. Verónica no sería capaz de encender el fuego. Lo de ella sería más bien un dejar las puertas y ventanas abiertas, un exponer su ruina a la intemperie. Dejar que el viento y la lluvia deslaven el pasado y este quede como un tecito aguachento o como una madeja de lana lista a deshacerse. La excitación que sentía hace solo unas horas frente a la expectativa de encontrarse con Ignazio se evaporó. Pensar que un rato antes casi sentía culpa por Adrien no la consuela del todo. Ella es una pieza importante del rompecabezas, pero no completamente irremplazable. Tal vez el proyecto de Adrien funcionaría mejor con alguien más parecido a Julie o a Ana. Quién sabe, tal vez sea él quien termine invitándola gentilmente a abandonar el barco y a dejarle la bestia a cargo. Al fin y al cabo, es el padre más coherente y capaz. El que tiene el mejor sueldo y se preocupa por que Nico esté en contacto con la naturaleza.

Apenas llegan a su destino, Diana explica que no se siente bien. Tiene ganas de vomitar. Jo no le presta atención. Está absorta en la contemplación de los faroles de la calle, que tiñen todo de una luz anaranjada que le parece fundirse con la del amanecer. Verónica le pide que respire hondo y haga un esfuerzo por seguir avanzando. La calle está desierta, pero los locales del paseo peatonal siguen iluminados. Recorren solo unos metros cuando

Diana vomita sobre un cantero con flores. Con una mano Verónica le sostiene el pelo, y con la otra busca una botella de agua en la mochila. Por suerte no hay ni un alma por la calle, lo que le da un margen de maniobra bastante cómodo. Después de pararse cada cinco minutos a observar los postes de luz o los tilos plantados a orillas del lago, Jo decide que puede hacer un esprint y subir corriendo la colina. Parece convencida de que el esfuerzo va a terminar disipando el efecto de la droga. Por supuesto, aunque ella siente que corre, avanza solo un poco más ligero que las otras dos.

Son alrededor de las seis de la mañana cuando finalmente llegan al hotel. No logran evitar las miradas curiosas de algunos miembros del staff, que recién van llegando para empezar su jornada. Son las únicas huéspedes que se desplazan por el jardín a esa hora y, por la expresión con la que las observan, deben tener una pésima pinta. Sin saber muy bien cómo, después de una larguísima contemplación maravillada del jardín seco japonés, logra convencer a sus amigas de que no pueden quedarse dando vueltas solas. Tienen que intentar dormir. Más allá de que está molida y necesita tirarse en la cama, teme que alguien las interpele y tengan problemas. El suicidio asistido podrá estar autorizado, pero no está segura de la tolerancia que los suizos tienen respecto del consumo de alucinógenos.

Su cuerpo se hunde en el colchón, aplastado por un cansancio profundo. Tiene la conciencia intranquila. Las imágenes de la noche se mezclan con sus sueños. Increíblemente, Jo abre un ojo para preguntar hasta qué hora se sirve el desayuno. De a poco, el hambre las va sacando de la cama. Todavía parecen manifestar efectos secundarios del *trip*. Están muertas de cansancio, pero también hambrientas, y siguen con las pupilas bastante dilatadas. A nivel sensorial, las cosas parecen ir entrando en orden. Quizás Diana tenía razón y realmente habían tomado poco. Lo suficiente para alegrarles la noche y hacerlas conectar, a su manera, con el espíritu del bosque.

Bajan en ascensor hasta el primer piso y atraviesan un pasillo en el que se anuncia el programa de actividades culturales de la semana. Verónica se detiene sobre el anuncio de un congreso titulado «Utopía y política», que empieza justamente ese día. Cargan sus bandejas con cantidades exageradas de comida y buscan una mesa con vista al lago. La parte exterior está ocupada por investigadores de diferentes edades, reconocibles por un aire intelectual esmeradamente descuidado. Todos los adminículos y detalles fetiches de la profesión están presentes: los maletines y las gafas de marco espeso, las mujeres de pelo cortísimo y rostros sin maquillaje, los hombres con barbas pulcramente definidas e impermeables largos que desafían el sol potente de la mañana. Visten prendas en variedades de negros y grises y tienen cara de inteligentes. Infiltrados entre los conferencistas, se encuentran algunos grupos de dos o tres ancianos de los que veían ayer en el parque. Es curioso, piensa, pero las únicas que responden al cliché del turista son ellas.

Se instalan y, una vez que el café empieza a hacerles efecto, se ponen a comentar la noche. El balance no es del todo malo. El escenario con el fogón, el lago y las birras no estaba mal. Es cierto que era una fiesta de adolescentes, pero la presencia de algunas personas en la treintena hacía pasar algo más desapercibido el choque generacional. Por otro lado, el ambiente era bastante amistoso y la escasa presencia de adultos seguramente había contribuido para que sus amigas se decidieran a probar el contenido del frasquito. Se disculpan por no haberla esperado. Para ser sinceras, se imaginaron que podía llegar a tener algo con Ignazio, y la perspectiva de esperarla toda la noche a orillas del lago medianamente sobrias las había decidido. Verónica no sabe hasta qué punto contarles que no estaban equivocadas.

—Ya ves lo que pasa cuando nos organizas salidas con niñatos tan majos —dice Jo mordiendo una medialuna.

—Como se la pasa rodeada de adolescentes, no se da cuenta de la brecha generacional —dice Diana en un reto cómplice.

—Juro que no estaba al tanto.

—Nuestra hipótesis es que sentís que rodeándote de juventud le vas a escapar al paso del tiempo.

Verónica se ríe y reconoce que algo de eso hay.

—¿De dónde los conoce Ignazio? —pregunta Diana.

—Es amigo de la familia de Laura. ¿Se acuerdan de la chica rubia de pelo corto? Era la casa de sus abuelos. No entendí del todo, pero creo que su abuela es una descendiente de los monteveritanos.

—¡Genial! —dice Jo—. ¿Vas a pedirle el contacto? Tal vez puedes entrevistarla.

—¿Y valen la pena los documentos que te pasó?

La realidad es que todavía no le echó ni una mirada a la carpeta. Apenas vuelva al cuarto va a poner las fotocopias en un lugar seguro. Se prepara una tostada con manteca y piensa en las fotos robadas. ¿Debería devolverlas? La intriga no reconocer a la tercera mujer alrededor del fuego. Pero no puede consultar con Nicoletta ni con Ignazio sin delatarse. Mientras sus amigas comentan la experiencia alucinada, ella les propone visitar las islas Brissago. Es un plan sencillo. Algo adecuado para el estado de cansancio y de bajón que manejan. Un paseo corto en barco con visita al jardín botánico.

Antes de dejar el desayunador, decide contarles algunos detalles de su noche.

—Ahora que están más lúcidas... Es cierto que hubo algo con Ignazio. Bah, en realidad no pasó nada. Depende de cómo se analice.

Sus amigas la escuchan hasta el final. La intuición no les había fallado tanto. Pueden entender que, después de tantos años en pareja, la tiente la idea de una aventura. Aunque el bibliotecario no es una bomba, está disponible y tiene el mérito de no tener absolutamente ningún contacto con su vida. Reconocen que, teóricamente, a ellas también les atrae la idea.

—Me molestaría más bien el paso al acto. El aliento con olor a alcohol, el peso de un cuerpo aplastándome, el dilema de dormir o huir. Me tendría que gustar mucho la persona para hacer abstracción —dice Diana.

—Pero lo que les digo es distinto. Justamente, no es que me gustara él, me gustaba más bien no ser yo.

Sus amigas la miran con una mezcla de incomprensión y cariño. Debería haber tomado LSD con ellas. Eso sí que es una experiencia de disociación del yo. Un viaje hacia la *twilight zone*, comentan entre risas. De todas formas, resultó sumamente útil que al menos una estuviera en completo manejo de sus facultades mentales y sensoriales. Si no, estarían todavía durmiendo sobre la playa. Suben al cuarto a prepararse. Verónica chequea los horarios. Deberían llegar sin apurarse mucho a tomar el ferry de la una. Intenta no darle demasiadas vueltas al tema. Por el momento, le parece mejor buscar su cuaderno y su computadora y recabar algo de información sobre Antoinette de Saint-Léger.

El punto de encuentro del ferry se distingue desde lejos. Una aglomeración de familias, jubilados y parejas con visera y zapatos de marcha esperan para subir. Ellas sacan los billetes y se ponen en la fila. Según los paneles ubicados a ambos lados de la pasarela, el viaje dura solo quince minutos y lleva a los pasajeros hasta la isla más grande de las dos que surcan el lago Mayor. Además de su magnífico jardín botánico, la isla de San Pancracio es conocida por haber sido la última residencia de la baronesa rusa Antoinette de Saint-Léger. Al subir, se ubican en la parte alta y descubierta del barco, en unas butacas de madera angostas, junto a otras decenas de turistas.

Ya en marcha y mientras se alejan, Verónica se saca la gorra para evitar que se le vuele con el viento. Dado el ruido que hace el ferry en su avance hacia las islas, nadie habla. Sobre la costa, justo al pie de la montaña, se ven algunas elegantes casonas de colores. Más allá, las colinas están cubiertas de pinos y de otros árboles de copas frondosas que tiñen el paisaje de un verde oscuro. ¿Cuánto tiempo les habría llevado atravesar el lago a los monteveritanos? ¿Habría agua potable en las islas a fines del siglo XIX? Hacerse llevar hasta ahí los víveres básicos para subsistir en el día a día debía ser ya todo un lujo.

En una pequeña guía turística de Ascona leyó que Antoinette fue, probablemente, la hija natural del zar Alejandro II de Rusia.

En 1881 se casó por tercera vez. En esta ocasión lo hizo con Richard Fleming, un oficial angloirlandés con una gran fortuna familiar. Juntos compraron las islas Brissago, que llevaban años abandonadas. Apasionados por la botánica, se instalaron allí hacia 1885. Su proyecto en común era diseñar un jardín con especies venidas de todo el mundo. Un gabinete de curiosidades a cielo abierto para los amantes de las plantas. Con dedicación y paciencia, edificaron la residencia principal en la que Antoinette pasó gran parte de su vida. También restauraron el pequeño convento medieval y la iglesia que existían ya en la isla. Sin embargo, al cabo de unos años, el barón no toleró la rutina de fasto y fiestas ni las continuas infidelidades de su esposa. Richard se mudó a Nápoles y Antoinette se quedó en la isla. Con el correr de los años, asistió a la transformación de Ascona, que pasó de ser un rústico pueblito de pescadores a uno de los lugares de vacaciones favoritos del jet set de la época.

Para intentar solventar los gastos de su vida en la isla, Antoinette montó una producción de brandy y dirigió una oficina de correos. Desde su jardín alejado del mundo, recibía con interés las novedades de Ascona. Algunos monteveritanos tenían la costumbre de visitarla. La posibilidad de comer carne, tomar alcohol y fumar, aunque más no fuera por un día, debe haber tentado a más de uno. En 1927, después de arruinarse financieramente por culpa de algunas malas inversiones, Antoinette no tuvo más remedio que desprenderse de la propiedad a la que dedicó su vida.

Las guías turísticas adoran las historias con anécdotas picantes sobre miembros de la nobleza que terminan sus días en desgracia, pero el tono moralizante con el que presentan a la baronesa de Saint-Léger le genera malestar. Tras una vida de excesos, pasó sus últimos días sola y en la miseria. Primero su esposo y luego su hija abandonaron la isla, y solo los visitantes se mantuvieron fieles a ella. Al final, para evitar ser expulsada de su propiedad, la vendió *in extremis* a un barón alemán llamado Max Emden. Un dandi judío que transformó el lugar en una mansión playboy con detalles neoclásicos y colecciones de arte. Él mandó demoler la residencia de la baronesa y construyó un palacio más acorde a sus gustos. Emden había inscrito bien visible en el portal de entrada la consigna: «Los juegos del amor, la paz de la naturaleza y varias mujeres y no solo una, porque vivir es un arte».

Al inicio de la sección dedicada a las islas Brissago, la guía muestra una foto de la baronesa recién llegada al lugar. Tiene la mirada perdida en el horizonte y el cabello escondido bajo un sombrero del tamaño de un almohadón de plumas. Esa fotografía de los comienzos contrasta aún más con el retrato de la anciana de ojos extraviados y expresión triste con el que un diario local documentó su fallecimiento en un hospicio de Intragna. La palabra «hospicio» suena fea, suena a muerte solitaria e innoble. Una muerte en las antípodas de lo que uno esperaría para un personaje así. ¿Por qué la guía turística contrapone las dos fotos? Parece una mala obra de teatro en dos actos: «Apogeo y ocaso de una vida agitada». A pesar del mal gusto que le deja ese epílogo, Verónica piensa que, en cierta manera, los «profetas» de Monte Verità tuvieron un final similar. Después de una vida llena de logros, descubrimientos y pasiones, la mayoría tuvo una muerte indigna o, por lo menos, muy alejada de la gloria que habían entrevisto un día. ¿Será una maldición que acecha a los constructores de utopías? Piensa en Ida y Mary. Al menos ellas lograron evitar ese destino sórdido.

En la página siguiente, ve unos retratos del hombre que reemplazará a la baronesa en la isla. A Emden solo lo muestran de joven, bronceado y atractivo. En la fotografía del folleto luce un estilo elegante y deportivo que podría adaptarse tanto a la hora del martini como a las exigencias de un partido de tenis. Aparece generalmente acompañado por jóvenes de curvas generosas y muy poca ropa.

El ferry atraca en el puerto y la gente empieza a bajar. A pocos metros de altura, arriba de la pequeña colina que hace ondular la isla, se distingue la residencia principal, transformada hoy en día en un museo-restaurante. Un vistazo alcanza para abarcar el lugar. Deciden empezar la visita por el jardín botánico y terminarla en el restaurante. Toman un sendero cubierto de palmeras, cicas, helechos gigantes y plantas trepadoras. Las flores contribuyen a crear un clima de exotismo domesticado. Se detienen frente a un *Echium wildpretii*, la viperina de las Canarias. De la familia de las boragináceas, esas plantas con enormes cucuruchos de florcitas violetas parecen hermanas desenfrenadas de las modestas lavandas. «*Calliandra tweedii*, originaria de América del Sur», reza un cartelito situado a los pies de una flor hecha de un ramillete de pinchos rojos. ¿Las habrán visto Ida Hofmann y Henri Oedenkoven durante su estadía en Brasil?

Los carteles con los nombres de las plantas tienen una tipografía pequeña que las obliga a agacharse para leerlos. Cada tanto, Verónica se detiene frente a alguna especie rara, en proceso de ser fotografiada por un puñado de visitantes, y ahí sí, solo para sentirse parte de la experiencia, aguza la vista. Dejan atrás las palmeras y atraviesan una pasarela que las lleva a través de un jardín con plantas de bambú. A los pies de los tallos verdes y alargados descansa un montón de hojas secas. El agua del lago llega en pequeñas olas que chocan contra un murallón de piedra. Desde donde están, alcanzan a ver el perímetro externo de la isla bordeado de unas palmeras de altísimo tallo fino.

Solo han andado unos veinte minutos y ya recorrieron la mitad del lugar. Sus amigas siguen comentando entre ellas las distintas etapas del viaje lisérgico. Ella reflexiona sobre su propia experiencia, a todas luces mucho menos apasionante. Lo que es seguro es que el viaje se le presenta como un paréntesis. Piensa en los sentimientos contradictorios que Nico y Adrien le generan desde hace algún tiempo. Los ama, y aun así no puede evitar fantasear con abandonarlos, con irse y no volver.

Piensa en los adolescentes que conocieron ayer por la noche. No les falta coraje. Sonríe recordando el nuevo final del mito de la humanidad que crearon para la obra de fin de curso. ¿Los dejarán llevar a cabo la representación? ¿Qué tan abiertas de mente serán las autoridades del colegio?

La imagen de Lotte y su decisión de suicidarse cuando entendió que no podía controlar las fuerzas oscuras que la dominaban se le aparece de improvisto. Piensa también en Mary Wigman y en su voluntad de encontrarse cara a cara con la bruja que anidaba en ella. Su *Hexentanz* fue una de las maneras que halló para volverla visible, pero también le sirvió para confrontar a las mujeres con sus propias fuerzas oscuras, para alentarlas a mirar de frente sus partes de sombra.

Asesinar a los retoños de la humanidad es un gesto fuerte, pero tiene el mérito de no dejar indiferente. ¿Qué harían los espectadores si estuvieran en la situación de las jóvenes violadas? ¿Se posicionarían del lado de las víctimas o de las rebeldes? ¿Se identificarían con las que curan sus heridas y se consuelan o con las que toman los puñales?

Tal vez las estudiantes del colegio Papio sean las próximas brujas, se dice, y algo en ella se reconforta. O mejor: las nietas de las brujas a las que no lograron quemar. Recuerda que así se definían las estudiantes americanas que en 1968 crearon el grupo activista WITCH: Conspiración Terrorista Internacional de las Mujeres del Infierno. Esas mujeres llevaron el combate feminista a la calle y se entregaron en cuerpo y alma en las luchas de la izquierda contracultural de la época. Corriendo el riesgo de pasar por ridículas, ingenuas o pendencieras, no se privaron de usar conjuros, cantos, pociones y otros rituales inofensivos, pero poderosamente sugerentes. Uno de los lemas del grupo le vuelve ahora a la memoria como la estrofa de un poema olvidado: «Si eres una mujer y te atreves a mirar dentro de ti, eres una bruja». Verónica piensa con algo de pena que, aunque lo intenta, no logra ver dentro de sí misma. Sus deseos y miedos siguen resultándole resistentes y opacos. Se propone aguzar el oído, estar atenta a las voces de los monteveritanos. Tal vez así pueda encontrar un sentido allí donde los otros solo escuchan graznidos.

Las tres avanzan por un camino que conduce a una playa repleta de monolitos puntiagudos que parecen restos de árboles quemados o raíces fosilizadas. Además de resultar extrañas, esas protuberancias tienen un uso práctico concreto: impiden que los turistas se sienten a la vera del agua e improvisen un pícnic. Aquí y allá se adivinan mínimos e inaccesibles sectores de arena. Unos minutos más tarde terminan de recorrer la isla y van hacia el restaurante.

El lugar es un palacio de estilo neoclásico. Por la cantidad de ventanas y de pisos que se distinguen desde afuera, Emden debía tener muchos amigos. La residencia principal es de un tono rosa pálido y tiene terrazas con arcos peraltados y columnas. Subiendo por unas escaleras de piedra se llega hasta el restaurante. Se instalan en una mesa, pero los precios de la carta les sacan el hambre. Abandonan el plan de la comida y piden tres pintas. La costumbre de vivir a cerveza le recuerda su época de estudiante, en la que la cebada era uno de los elementos más nutritivos de su dieta. Un mozo simpático les alcanza tres vasos enormes. A simple vista le calcularía un litro a cada uno. Verónica toma un primer trago y el contacto del líquido frío en su garganta le genera bienestar. Como si se sintiera responsable de sumarle interés turístico al viaje, les resume a las chicas lo que acaba de leer sobre la vida de Antoinette de Saint-Léger. Habla de cómo surgió el proyecto de instalarse en aquellos islotes y de los años que pasó allí, prácticamente al mismo tiempo que los monteveritanos. Menciona las fiestas, las borracheras, los amantes, pero también el final, tan alejado del sueño inicial. La entristece un poco pensar que el dandi alemán que compró las islas ordenó demoler la casa, la iglesia y el convento a los que la baronesa les había dedicado tantos años de su vida. El restaurante en el que están sentadas ahora, por ejemplo, forma parte del palacio que Emden mandó construir en 1949.

—¿Se imaginan terminar así? Sobre todo cuando empezaste tu vida como la hija no reconocida de un zar.

Tal vez para demostrar que ya se siente más lúcida, Diana se lanza en uno de sus típicos debates. No cree que haya que tenerle lástima. La baronesa hizo lo que quiso. Invirtió y fundió su fortuna familiar y la de su marido para dedicarse a la jardinería y a sus amantes artistas. ¿Tan grave es morir en un hospicio? Tal vez el problema es otro. Lo discutible es lo sobrevalorada que está la muerte en términos de una vida. En realidad, no entiende de dónde viene ese morbo de pensar que el final es lo más importante. Si realmente fuera así, estarían todos muy complicados. ¿Cuántos casos pueden nombrar de gente que haya tenido una linda muerte?

La pregunta las deja sin respuesta, así que se concentran durante unos minutos en avanzar con sus cervezas. Verónica piensa en los hipotéticos viejitos suicidas de la fundación y en los partidarios del clarismo de Elisarion, y se dice que cada uno lleva el final lo mejor que puede.

De las pintas inmensas ya no quedan más que unos dedos con cerveza tibia y restos de espuma. Verónica consulta los horarios de vuelta de los ferrys: el próximo pasa en treinta minutos. Sus amigas quieren volver a descansar al hotel. Piensa que, aunque no quieran reconocerlo, siguen drogadas. Ya de por sí le parece milagroso que hayan aceptado salir de la cama, así que no se opone. Por su parte, le tienta la idea de ir a visitar la gruta en la que Gusto Gräser pasó largas temporadas durante sus años de poeta nómade. Esa mañana recibió un mail de Nicoletta con instrucciones precisas para llegar. En su correo le explicaba que la información era sumamente confidencial, ya que nadie tenía interés en que el lugar se transformara en un sitio turístico. Por eso no había indicaciones para llegar en internet ni en las guías turísticas de la zona. Si deseaba ir, sola y como parte del trabajo de campo de su proyecto, podía hacerlo, pero le pedía extrema discreción. Nada de fotos, videos ni menciones en redes sociales. La fundación y los herederos de Gusto Gräser eran intransigentes en ese punto: el lugar debía seguir siendo desconocido.

La idea de ir en peregrinación hacia las fuentes de la bohemia y la poesía no le disgusta. Mientras esperan para embarcar nuevamente, se ponen de acuerdo para separarse algunas horas. A fin de no levantar sospechas, les dice que arregló para volver a visitar el museo y consultar unos documentos, pero que va a aprovechar antes para dar una vuelta y buscar unos regalos para Nico y Adrien. Al llegar al puerto se despiden y se dan cita a la noche en un restaurante del centro.

Siguiendo las instrucciones de Nicoletta, tendría que poder llegar a pie. Desde el puerto, la gruta está a poco más de una hora y media de marcha, pero ella planea ir a su ritmo, sin apuro. A lo sumo hará dedo para volver o intentará tomar un bus. Como le ocurrió con las fotos del archivo, tiene la intuición de que el «genio» del lugar quiere decirle algo. Aunque, en ciertas ocasiones, el silencio también puede ser un mensaje.

Salir de la ciudad y remontar la colina en dirección de la fundación le resulta un paseo agradable. Con el paso de los días, los músculos se van habituando a las subidas y bajadas y el cuerpo le pide más horas de marcha. Desde la fundación, un camino en subida debería llevarla a su destino. El problema es que se trata de una verdadera ruta de montaña, pensada para automóviles o, a lo sumo, ciclistas. Se detiene en un cruce para ver si encuentra otra alternativa que vaya directamente por la montaña. Unos ciclistas que hablan un italiano bastante comprensible le señalan un sendero entre los árboles. Es más largo, pero les parece lo más prudente. Nadie espera toparse con un peatón por esas rutas de montaña con giros cerrados. El sendero no tiene indicaciones, pero tampoco parece esconder grandes obstáculos. Es solo una franja de tierra angosta cubierta de hojas secas que sigue, con algunas mínimas variaciones, la ruta.

La subida es importante, así que se propone caminar a buen ritmo. A diferencia de Jo, que formó parte de las niñas exploradoras, versión femenina europea de los boy scouts, ella no tiene la más mínima idea de cómo encender un fuego ni armar una carpa. Ni siquiera sabe cómo usar una brújula o leer correctamente un mapa.

Así es que, si la abandonaran en mitad del bosque, incluso mediananamente equipada, sería incapaz de encontrar el camino de vuelta. Los años en los que podría haber desarrollado algún tipo de destreza física se los pasó tirada en la cama o en algún sillón, leyendo novelitas góticas y comiendo golosinas.

Mientras avanza, observa las hojas de los árboles. Sus ojos inexpertos aprecian las variaciones de verdes, el musgo y la tierra húmeda. Trata de imaginar la gruta de Gusto. Sabe que el poeta pasó mucho tiempo allí e incluso tuvo visitantes ilustres como Hermann Hesse o Rudolf von Laban. Las anécdotas que leyó sugieren que es difícil reconocer el lugar. Algunos hablan de una incisión en la roca y otros, más imaginativos, la equiparan a la comisura formada por unos labios que se abren. ¿Y si no la encuentra? Las instrucciones de Nicoletta le parecieron simples, pero teme que su miopía y su nulo sentido de la orientación le jueguen en contra. Allí donde otros pueden descansar en su intuición o simplemente en el sentido común, ella suele hacerse un matete. Se imagina dando vueltas en círculos, caminando cien metros hacia arriba justo en el sitio donde había que subir treinta y otros deslices por el estilo.

Para no dejarse ganar por el pesimismo, intenta darse ánimos. Solo faltan tres cuartos de hora, e incluso en el peor de los casos habrá hecho una linda caminata. Le viene ahora el recuerdo de una lectura sobre las ruinas de Tegna, un santuario helénico que debía haber servido de oráculo a los ilirios. Hace ya algún tiempo encontraron por los alrededores de Ascona, perdido en el fondo de una antigua cisterna, un famoso sitio de culto a la fertilidad y a la gestación. La gruta, que Verónica imagina como una arteria enclavada en la roca, habría evocado para los antiguos visitantes la simbología del vientre materno. En los siglos posteriores, la presencia de agua y el viaje de descenso a las entrañas de la montaña habrían servido también para afianzar el culto a la Virgen María en la región. Está claro que esas colinas están atravesadas por un espíritu femenino. Saberse caminando por senderos que estuvieron alguna vez tan cargados de sentido la inunda de una emoción rara, ¿espiritual? No sabría definirlo, pero reconoce que una energía especial flota entre esos árboles. ¿Podría ella, siempre tan escéptica y racional, sentirla también?

Intenta hacerse una idea concreta de cómo habría sido la experiencia de Gusto en la gruta-vientre materno. Sabe que el poeta podía pasar semanas allí, aislado del mundo. Recuerda las fotografías que consultó en los archivos de Bellinzona. Las imágenes de la última época mostraban a un hombre maduro, casi anciano, con cabellos largos peinados hacia atrás, manos grandes y barba blanca. Un Gusto serio y arrugado, pero también tranquilo y afable que, la mayoría de las veces, aparece retratado sin mirar a la cámara, en medio de alguna actividad. Un hombre mayor que lee y escribe tumbado sobre la hierba o sobre una cama espartana hecha con ramas de árboles. Un atado de heno y un montón de hojas y pastos secos le sirven como colchón. En las fotos más tardías se aprecia su calvicie avanzada y la aparición de sus anteojos de lectura de diminuto marco redondo. El poeta viste siempre de manera simple: pantalones oscuros, medias largas o sandalias abiertas con tiras de cuero y alguna camisola, con o sin mangas en función de la estación, confeccionada con restos de viejos tejidos y telas. En las fotografías que lo retratan llegando al final de sus días, Gusto se pasea entre las ruinas de Múnich llevando a cuestas una vieja valija de cuero del tamaño de un maletín. En ella el poeta trasladaba todas sus pertenencias: un plato de latón, algunos cubiertos rústicos, lápices y pinceles y el puñado de pinturas y escritos sobre los que trabajaba en el momento.

Mientras fantasea con impregnarse del espíritu de libertad que anima ese bosque, piensa en Nico. Se lo imagina, con tan solo uno o dos años más, recorriendo esas colinas de su mano, descubriendo la naturaleza con ojos maravillados, observando las hojas secas de los árboles y los insectos. Por supuesto, el problema de conciliar el *Wanderlust*, el deseo de vagancia y de libertad, con las restricciones de una vida de familia no incumbía exclusivamente a Gusto. Muchos de los hombres y las mujeres de la comunidad tuvieron que enfrentar esos sentimientos contradictorios. Algunos recurrieron incluso a familias de paso para cuidar y criar a sus hijos. Aunque Verónica se pregunta a veces cómo sería su vida si no hubiera tenido a Nico, nada le resulta más precioso que el vínculo que los une. Por más que esa semana tiene el mérito de permitirle ausentarse de sus obligaciones de madre, la distancia entre los dos no hace más que confrontarla a ese amor total y devastador. Un amor que la lleva a fantasear con extraviarse, con no volver a verlo, solo para devolverle como una cachetada la certeza de que jamás podría vivir sin él.

Por momentos, el recorrido se aleja de la ruta y le genera cierta inquietud. Si cree en sus lecturas, Gusto vivió toda su vida de los frutos que recolectaba de los árboles y de la caridad de los riberanos. Le cuesta imaginar en qué condiciones pudo haber vivido junto a Elisabeth Dörr y los ocho hijos de la pareja. ¿Qué pensaría ella mientras el profeta se iba a meditar a su gruta y desaparecía tal vez durante varios días y noches, dejándola a cargo de tamaña progenitura? ¿Qué la habría llevado a soportar a Gusto? ¿La promesa de una vida despojada y natural? Probablemente Elisabeth imaginaba algo más cercano a las cabañas de «aire y luz» de John Ruskin que a su cueva. O tal vez, con tantos hijos a cuestas y puesto que enviudó sin tocar ni un céntimo de la herencia de su esposo, no pudo pensar en nada especial. Lo más probable es que se haya aferrado a un hombre que le hablaba con palabras dulces y compasivas, que le pareció pacífico y bienintencionado.

Seguramente a muchas parejas no las une tanto el amor como el espanto o esa predilección por la catástrofe que detecta tan bien en sí misma a veces. Ese impulso de prenderles fuego a las cosas, incluso aunque sepa que va a arrepentirse justo después. Esa demencia pasajera que la lleva a hacer afirmaciones de las que sabe que se avergonzará unas horas más tarde. Lo que sea con tal de hacer el mayor daño posible en el momento, con tal de despertar una reacción, si es posible la furia o la impotencia en su impasible compañero. Toda artimaña es buena si contribuye a reventar algunos jarrones haciendo que las esquirlas se claven profundo en la piel de su interlocutor.

Siguiendo las instrucciones del GPS, y de acuerdo con las fotos que Nicoletta le envió por mail, ya casi debería estar en la entrada de la gruta. Tenía que cruzar un estacionamiento y, oh milagro, acaba de ver uno más abajo, a la altura de la ruta principal. Debería subir todavía un poco en dirección a la cima de la montaña hasta toparse con la hendidura en la roca. Por supuesto, no hay ningún tipo de indicación, así que intenta afinar la vista para escrutar cada rincón del paisaje hasta dar con la entrada. Recuerda que, mientras estudiaba el primer romanticismo alemán en un curso de la universidad, los profesores le habían hablado del lazo que unía a los alemanes con el espíritu del bosque. Una de las características del espíritu *Völkisch* —tan desprestigiado años más tarde por sus vínculos con el nazismo— fue la afirmación de una identidad germánica ancestral, algo así como un pueblo que hundía sus raíces en los bosques eternos. Insistiendo en su relación con la naturaleza, los alemanes veían el bosque y el árbol-tótem como símbolos de esa fraternidad atávica.

Estoy en el bosque encantado —se dice intentando borrar todo sesgo irónico—, esperando que el árbol sagrado me indique la entrada de la gruta. Según sus cálculos, ya ha caminado el trayecto indicado desde el estacionamiento, pero aún no ve nada que se parezca a una piedra gigante. Decide retroceder e intentarlo de nuevo.

Retoma la subida, y al cabo de un rato ve la famosa hendidura. Imposible pasarla por alto. La roca se abre como si acabaran de cortarla con un hacha, creando una división tersa y neta. Se parece a la boca de una ballena que se apresta a engullir al caminante. Para entrar hay que encorvarse ligeramente. Una vez adentro, enciende la linterna de su teléfono y distingue una gruta de varios metros de largo. En las paredes, algunos visitantes han garabateado dibujos y mensajes sin interés. Avanza unos pasos. Hay agua en el piso. Un gran charco justo en la entrada. Para acceder hasta la parte posterior sin mojarse tendría que avanzar de costado pegada a una de las paredes. Pero, incluso así, habría un riesgo de empaparse los pies. Decide que lo más simple es descalzarse. Se saca las zapatillas y las medias y las deja en la entrada. La gruta es bastante amplia, pero no es de lo más luminosa. ¿En qué estado mental se encuentra alguien para dejar el mundo e instalarse allí? ¿De dónde surge una necesidad tan imperiosa de evadirse? Cuando sus pies tocan el suelo, le llama la atención lo frío que está. Atraviesa el charco lentamente, con un poco de desconfianza. El agua está más tibia que la tierra. Al principio, la sensación le resulta más bien desagradable y teme caminar sobre algún bicho, pero una vez que sale del agua la molestia desaparece. A medida que avanza en la oscuridad, las plantas de sus pies se habitúan a la textura rugosa de la tierra, que cada vez está menos húmeda.

Para leer, pintar o escribir, Gusto debió necesitar alguna fuente suplementaria de luz. A menos que se sirviera de la oscuridad para explorar sus sentidos. Los dedos y el tacto deben adquirir una buena destreza en aquella semipenumbra. Verónica recorre las paredes de la gruta con la punta de los dedos e imagina que sus yemas tienen ojos y saben leer las rugosidades de la piedra y distinguir, guiadas por una sensación de frío o de calor, la presencia de diferentes colores, de pinturas o inscripciones. Piensa en esos peces que viven en las profundidades del océano: ¿qué órganos usan para ver venir el peligro, para huir de sus depredadores y encontrar alimento? Tal vez las manos y los pies de Gusto desarrollaron antenas y ventosas que habilitaban otro espectro de adherencia a la realidad. No debía aferrarse a la roca. Lo visualiza reptando, deslizándose como un hábil molusco por encima de lo real. Su piel viscosa lame las superficies y su baba impregna todo lo que toca.

Él era un verdadero ermitaño. ¿Podría ella pasar siquiera un día entero alejada de todo? Allí adentro nadie podría localizarla. En la oscuridad, piensa de nuevo en la mano que Adrien le tiende. ¿Podría llegar a considerarla como un puente hacia algo nuevo, hacia algo mejor? Se pregunta también qué le generan el silencio y los mensajes misteriosos de Lucía. Ese brusco cambio de planes justo cuando parecía estar más triste y necesitada de hablar con ella que nunca. ¿Su proyecto le causa admiración? ¿O le despierta celos? Aunque nunca haya querido planteárselo así, las decisiones de su amiga la confrontan a lo que ella jamás hubiera tenido el coraje de hacer: dejar a su marido, no tener hijos, desertar del país de adopción, volver a casa. Lo del gineceo solo es un paso más en esa larga cadena de eventos que constituye una suerte de espejo invertido de su propia vida. Se imagina abandonando el barco, volviendo a Argentina y empezando todo de nuevo. ¿Tendría el coraje de pedirle a Lucía que la acepte con Nico en su casa en la pampa? No le queda tampoco en claro por qué ese sería un buen plan. ¿Qué tanto cambiaría, a fin de cuentas, respecto de lo que le propone Adrien?

Le parece raro percatarse de que, hasta ahora, nunca había pensado en la posibilidad de separarse, de criar a Nico sola. ¿En qué momento la mosca que contenía esa idea empezó a zumbar cerca de su cabeza? ¿Hace cuánto tiempo que las buenas intenciones y el amor que los une desde hace tantos años empezaron a entrar en una zona de riesgo? Aunque le duela, tiene que reconocer que el tejido delicado que envuelve su pareja se fue agujereando más de lo debido. No puede evitar sentir que esa distancia que se abrió entre sus respectivos deseos es una forma de traición. ¿Debería haber notado las señales de alarma? Incluso si hubiera detectado antes los síntomas de la crisis, no se le ocurre qué hubiera podido hacer para evitarla. Adrien no le está proponiendo irse a vivir a una gruta. ¿Por qué siente entonces que su plan es una puñalada contra todo lo que construyeron juntos? El caudal de preguntas la desborda, la inunda. Se siente como el interior de una casa con las tejas rotas durante un temporal. No quiere quedarse ahí.

Cierra los ojos y por un segundo ya no está en la gruta, sino en un vientre. Sola ahí adentro, no es más que un pequeño feto o incluso un embrión. Apenas un boceto de vida. De repente, no tiene miedo. El agua que había rozado sus pies unos metros más lejos se transformó en olas. Es extraño, pero el ruido que hacen se asemeja al que se escucha bajo el mar. Se deja mecer por ese eco hasta que reconoce los latidos del corazón de su madre. Es una música conocida y tranquilizadora. No tiene párpados, pero aun así percibe una luminosidad difusa que le llega desde el sitio donde estarán un día sus futuros ojos. Su única misión es dejarse alimentar y crecer. Todo ocurre sin que ella se lo proponga. Sin tener que activar ningún resorte consciente de su ser. Ahora, el contacto de la tierra húmeda le genera una sensación de bienestar. Se acuesta y siente que se escurre por la superficie. No sabe si es una planta que absorbe nutrientes a través de sus raíces o un renacuajo que intenta alcanzar el agua.

El sonido de una notificación en su teléfono la hace abrir los ojos y marca el fin de su viaje intrauterino.

El sonido y la luz de la pantalla la devuelven a la realidad. Acaba de recibir un mail de Ignazio. Se pone de pie sin saber cuánto tiempo estuvo acostada. Lo raro es que su ropa no está mojada, ni siquiera muy húmeda. Solo unos manchones de tierra en su remera y su short dan cuenta del desliz. Mira su teléfono. Tiene escasa batería, la noche está por caer y no haría nada mal en retomar el camino de vuelta. También la intriga el contenido del mail. Se pasa la mano por la boca. Le parece sentir todavía el gusto de sus labios. Mejor no dialogar ahora con sus fantasmas matrimoniales: la posibilidad de una aventura volvió a entrar por la ventana de su casilla de mails y le urge ocuparse de ella. Esta semana no es la mujer casada ni la madre de la bestia, no es la profesora desempleada que teme instalarse en los Pirineos para cultivar tomates y berenjenas. Es la otra, la desconocida que se prende fuego en las fotos que robó de los archivos de Bellinzona. Es la mujer que no asume del todo su edad y usa remeras Pokémon rosa chicle. La que quisiera confundirse con las adolescentes del colegio Papio. La que toma cervezas al borde del lago y no duda en sostenerle la mirada a Ignazio. Es la intensa que inventa hogueras a la luz de cuyas llamas puede fantasear tranquila e imaginar sexo extraconyugal sobre mantas llenas de arena y ácaros. Es Laura y las adolescentes justicieras que asesinan a los nenucos, vengando el honor de las vírgenes violadas. Cierto que si la fábula hubiese terminado así no habría raza humana, pero no será ella la que arroje la primera piedra de la censura.

Mira una última vez las paredes de la gruta y desanda los pasos que la separan de la entrada. Atraviesa de nuevo el charco. Ya afuera, se seca los pies con las medias y se pone las zapatillas. El cielo está bastante oscuro y los vehículos que pasan llevan ya las luces encendidas. Lo mejor será ver si algún conductor se apiada y la lleva de vuelta al centro. Hay todavía dos autos estacionados. Durante quince minutos intenta hacerles señas a los autos que se dirigen hacia Ascona, pero con la velocidad que llevan no les da tiempo a detenerse. En todo caso, la imagen de una mujer gesticulando en medio de la ruta al caer la noche no los conmueve lo suficiente como para hacer marcha atrás y preguntarle si necesita ayuda. Aprovecha una larga franja de tiempo en la que no ve venir a nadie para avisarles a sus amigas que salió a dar un paseo por el bosque y que está todavía bastante lejos del centro. Pueden empezar sin ella. Si todo va bien y encuentra a alguien que acepte llevarla, llegará en media hora o un poco más.

Durante algunos minutos mira la pantalla de su teléfono esperando recibir mensajes preocupados o incluso una propuesta de auxilio. Dos tildes grises se despliegan en el chat sin pasar nunca al azul brillante de los mensajes leídos. Es un buen momento para llamar a Adrien. Al menos él sí responde. Las noticias que le da no son buenas. Nico está con fiebre desde ayer a la noche. Le baja solo un poco y le vuelve a subir unas horas después. Ya hablaron con el pediatra de la zona. Por ahora, solo recomienda tenerlo hidratado y darle paracetamol cada seis horas. Nada demasiado preocupante, pero el bebé está molido. Da pena verlo con sus cachetes como dos manzanitas rojas, no tiene fuerzas ni para jugar. Las chicas le prepararon un puré de zapallo y una compota, pero no lograron hacerle probar ni una cucharada.

—Pero ¿lo vio el médico? ¿Qué tan mal lo ves? Un bebé con fiebre puede desmejorar rápido. No me da seguridad que estén en ese pueblo aislado de todo.

—Quedate tranquila, ya hablamos con el pediatra. Dice que no hay de qué preocuparse. En un día o dos debería estar mejor. Estamos controlándole la fiebre a cada rato.

Está por objetar algo cuando escucha:

—Igual no estás acá. Estamos haciendo todo lo que se puede.

Las palabras se le atoran en la garganta. Ella no está ahí, su padre sí. Sus amigos y Ana también. Tienen todo controlado. Adrien no tiene por qué aceptar sus consejos, pero aun así no puede reprimirse.

—Tratá de ponerle paños fríos en la frente. Eso le va a bajar la fiebre rápido. Y que tome mucho líquido. ¿Llevaste la solución de rehidratación?

—Hicimos todo, Vero, no te preocupes. Disfrutá de tu viaje.

—¿Puedo hablarle?

—Ana está tratando de dormirlo desde hace un rato. Me parece que lo logró porque no se lo escucha llorar. Te llamo después, no quiero despertarlo.

—Bueno, dejalo dormir.

—¿Vos estás bien?

Se hace un silencio. Por un segundo siente que debería cortar. ¿Qué podría decirle? No va a contarle los detalles de su noche al borde del adulterio. Tampoco lo va a preocupar diciéndole que está sola y casi sin batería en medio del bosque, esperando a que algún desconocido acepte llevarla hasta Ascona.

—Todo bien —se escucha decir sin convicción. Ya le contará los detalles a la vuelta—. Los extraño. —Su voz patina a través del teléfono como una nota desafinada.

—Nosotros también. Hablamos después.

Adrien corta la llamada. Es un adulto con obligaciones apremiantes como asistir al hijo enfermo. Verónica se queda mirando su teléfono casi muerto. ¿Por qué algo tan básico como decirle que los extraña le cuesta tanto? Una ola de culpa le sube por los tobillos. La siente aparecer en el punto exacto en el que el agua de la gruta le había cubierto los pies. Se imagina a Nico en brazos de su padre, pacientemente socorrido por sus amigos. Odia saber que es Ana la que se encarga de hacerlo dormir. ¿Quién es esa desconocida de uñas coloradas que se atribuye el derecho de cuidar a su bebé? La fiebre de la bestia le parece un castigo, un karma que expiar por no sentir más deseos de volver a casa con ellos. ¿O será que su amor se manifiesta solamente a través de la culpa? En todo caso, Adrien no detectó nada raro en su voz. En medio de la charla pasaron dos autos, pero ella no se inmutó. Está segura de que no se habrían detenido aunque les hubiera saltado encima.

Algo en su conciencia le exige prudencia. Aun así, no resiste la curiosidad y abre el mail de Ignazio. El tono le resulta seco, casi informativo. Quería asegurarse de que habían llegado bien. Le pide disculpas por haberse ido tan rápido. Por casualidad, ¿hablaron con Laura ayer? ¿La vieron más tarde por los alrededores del lago o saben si se fue con alguien? No durmió en su casa anoche y sus amigos tampoco tuvieron noticias de ella hoy. Por lo que saben, no está con ninguno de los conocidos. Seguro no pasó nada grave, pero los abuelos están preocupados y él está a cargo de darles novedades hasta que vuelvan a Locarno. Verónica le responde rápido, pasándose una mano por el pelo como si quisiera despegarse una caspa imaginaria. Le agradece por su correo. Llegaron bien anoche, no tenía por qué preocuparse. Espera que hayan tenido un lindo día de escalada con su hijo, y no, no hablaron con Laura ni la vieron después de la performance en el fogón. De hecho, no recuerda haberla visto por la zona del lago cuando volvió a bajar de la casa. Le gustaría que le avise cuando aparezca.

Le responde de manera abrupta, sin pensar. Apoya en el botón de enviar sin releer el mensaje de pocas líneas que escribió usando dos dedos y con los últimos restos de batería.

Justo después, distingue a una pareja que se acerca de uno de los autos estacionados. Llevan bastones de esos que tanto les gustan a los europeos fanáticos de las caminatas en montaña. Parada al costado de la ruta con su remera Pokémon manchada de tierra, debe tener pinta de haber sido abducida por un ovni. Se apresura a explicarles, en inglés y con muchas señas, que salió a caminar y se le hizo demasiado tarde. No vio pasar las horas. Milagro. No ven ningún problema en acercarla hasta Ascona. La parada les queda de camino. Una vez en el auto les avisa a sus amigas que está yendo hacia el restaurante. Justo antes de apagarse, su teléfono le devuelve las dos tildes grises de su indiferencia.

Diana y Jo se ponen de pie en cuanto la ven. Tienen cara de susto. ¿Qué le pasó? Recibieron sus mensajes mientras dormían. Le dejaron diez llamadas perdidas. ¿Por qué no respondía? Estaban preocupadas, no entendieron nada de sus mensajes. ¿No iba a estar en el museo? ¿Adónde fue? ¿Por qué tiene la ropa sucia? Trata de calmarlas. Está todo bien. Al final cambió de idea y decidió ir a dar un paseo por el bosque. Puede ir a consultar los archivos cualquier otro día. En un momento dado se sentó a descansar contra un árbol y se quedó adormecida. No se dio cuenta de que el suelo y la corteza del árbol estaban tan húmedos. Le quedó toda la ropa llena de tierra. No es nada.

Sus amigas la miran con desconfianza. Intuyen que eso no es todo, pero esta vez Verónica no tiene ganas de darles más detalles. Se siente en la obligación de preservar el secreto sobre la gruta de Gusto Gräser, y nada de lo que pasó ahí amerita ser contado. Ellas tuvieron su viaje alucinado anoche, ¿por qué no iba a merecer ella también un descenso a las entrañas de la tierra?

Pide un plato de polenta frita con una salsa a base de hongos y carne que le parece lo mejor que probó en su vida. Sus amigas se pasaron la tarde durmiendo. De hecho, hubieran preferido cancelar la comida o a lo sumo pedirle que les trajera algo para picar del supermercado o de alguna panadería. Pero dados sus mensajes misteriosos y la falta de respuesta a sus llamadas, se forzaron a bajar al centro. Están en pleno efecto bajón. Se las ve cansadas y no están habladoras. Hasta le parecen tristes e introspectivas. Al menos se preocuparon por ella, piensa, mirando a sus buenas amigas extenuadas y con las pupilas ya normales. Deciden volver a descansar al hotel lo antes posible. Mientras esperan para pagar, les cuenta que Nico no está bien. Tiene fiebre y no quiere comer ni tomar nada. Adrien lo está cuidando, pero igual le resulta inquietante. Casi nunca levanta tanta temperatura. Sus amigas le hacen algunas preguntas e intentan tranquilizarla. No sirve de nada angustiarse. Está con el padre y él se va a hacer cargo de todo.

De vuelta en la fundación, cada una se enfrasca en lo suyo. Chequea de nuevo sus mails para ver si Ignazio le respondió, pero no hay nada. Tampoco recibió fotos de Nico ni de sus bucles ondeando al viento con los Pirineos de fondo. Piensa en Laura y la autoridad con la que decretó que debían asistir sin chistar hasta el final de la obra. ¿Dónde se habrá metido? El nombre de su abuela, Hetty Rogantini-De Beauclair, vuelve repentinamente a su memoria. Claro que oyó hablar de ella. La mencionaban en el podcast que removió las aguas del recuerdo. Hetty, o Enrichetta, es la hija de uno de los antiguos administradores de Monte Verità, un artista plástico cercano a la pareja de Ida y Henri. Uno de los pocos que no se plegaron a la moda de las vestimentas reformadas ni al nudismo. La infancia de Hetty coincidió con los últimos años de la experiencia de Monte Verità tal cual la soñaron los fundadores. Ella se casó joven, tuvo varios hijos y continuó viviendo muchos años en los alrededores de Ascona. A pesar de haberse mudado durante un largo periodo a la zona de Engadina, un valle de los Alpes suizos donde trabajó como campesina y se dedicó a criar a sus hijos, Hetty volvió a pasar el final de su vida en el Tesino. Hoy en día es una de las últimas testigos directas de lo que fue el antiguo sanatorio. Es una mujer de rasgos cálidos y unos bellos ojos celestes. Debe tener cien años, se dice maravillada. Cree haber leído que los pocos poemas de Gusto Gräser que se conservan fueron encontrados por ella de manera completamente azarosa, mientras limpiaba la vieja casa de su padre. Alexander Wilhelm de Beauclair se los habría comprado hacia 1909 para ayudarlo a salir, aunque solo fuera momentáneamente, de uno de sus constantes dramas económicos.

Sin que sus amigas la vean, extrae las fotos robadas de la funda de su computadora y las pone en uno de sus libros. Quiere observarlas tranquila. Las fotografías siguen resultándole inquietantes. Sabe que es una rareza haber encontrado una foto de Lotte Hattemer. A pesar de haber sido en su tiempo algo así como la princesa Diana de Ascona, un ideal de belleza, dedicación y entrega al prójimo, no se conservan más que un puñado de retratos suyos. Observa a la desconocida de ojos claros. Las vidas de esas tres mujeres mantienen su misterio intacto. Lo poco que sabe de Ida Hofmann lo dedujo leyendo sus escritos autobiográficos y sus panfletos. Es cierto que los testimonios de los que la conocieron arrojan algo más de luz sobre esa figura que permanece muda en la fotografía sobreexpuesta que sostiene ahora en sus manos.

Mucho menos se sabe de Charlotte, Pauline Babette o Santa Lotta di Ascona. Lotte experimentaba trances místicos y sufría de una grave depresión y de trastornos mentales. Con su pelo largo coronado de flores y sus rituales paganos, Lotte se adelantó a los *flower children*. Pero su inestabilidad psicológica y su belleza atrajeron a algunos de los hombres a los que la libertad sexual de Monte Verità se les figuraba demasiado acotada. Johannes Nohl, Eric Mühsam y Otto Gross fueron algunos de los que se le acercaron. Es imposible saber si creían ayudarla o si ella aceptó de buena gana esa amistad y esa promesa de curación o simplemente de compañía.

En todo caso, la marginalidad en la que vivía terminó acentuando su fragilidad psicológica. Lotte tenía una relación conflictiva con su familia y, especialmente, con su padre. Con el paso de los años, la soledad y el ascetismo de los monteveritanos debieron haberle vuelto la vida insoportable. Verónica lee las copias de los documentos que le dio Ignazio. Después de su suicidio, sus amigos y amantes Otto Gross y Eric Mühsam fueron interrogados por la policía como posibles instigadores de su muerte. No fue la primera vez que Gross participó de un «suicidio asistido». El psicoanalista actuó guiado por la convicción de que los suicidas terminan, tarde o temprano, pasando al acto. La pulsión de muerte es demasiado potente, nada puede impedirla. En todo caso, él no iba a arrogarse el poder de decidir sobre esas vidas. En sus alegatos, Gross justificó haberle suministrado a Lotte la morfina que le causó la muerte con fines terapéuticos. Quería ayudarla a transitar de manera menos horrible un final que ella ya había decidido. ¿Se puede ver su decisión como un acto de empatía? ¿O se trató más bien de un crimen por negligencia? ¿Es la tarea de un psicoanalista preservar la vida de sus pacientes o simplemente debe escucharlos y respetar su decisión? Seguro Freud y Jung habrían desaprobado su excesiva complicidad con sus pacientes-amantes. Más allá de sus buenas intenciones, Lotte agonizó durante todo un día y murió aquejada por tremendos dolores.

¿Puede considerársela como una iluminada, una santa, una loca? Los críticos literarios sugieren que inspiró a D. H. Lawrence en *El amante de Lady Chatterley*. Ida Hofmann cuenta que muchos hombres ilustres estuvieron enamorados de ella. En el archivo, Verónica pudo consultar algunas fotografías tardías que la muestran ya más deteriorada: una Lotte muy delgada y con el rostro pálido. En la única fotografía de juventud que se conserva en la actualidad, tiene el pelo semirrecogido y decorado por una corona de flores. Lleva un vestido claro que la cubre hasta la punta de los pies. A su izquierda la acompaña una mujer seria vestida con una túnica oscura. En un gesto amistoso, Lotte se aprieta contra ella tomándola por el brazo. Justo en el extremo opuesto de la fotografía aparece el perfil de Henri Oedenkoven con su barba, sus pantalones cortos y las manos metidas en los bolsillos. Seguramente hay otras personas presentes en la escena, pero sean quienes sean, sus figuras quedan cortadas, eternamente fuera de foco. ¿Será hacia esos desconocidos que Lotte dirige su sonrisa tímida?

Sophie Benz murió también en Ascona en 1911 de una sobredosis de cocaína. La prensa difundió que la droga había sido comprada gracias a una receta que llevaba la firma de Gross. Esta vez el psicoanalista se defendió diciendo que debía tratarse de una sustancia que ella ingirió por error. En 1915, y con el título *Sophie o el camino de la cruz de la humildad*, un amigo de Gross publicó una novela inspirada en aquel drama.

¿Quiénes fueron en realidad esas precursoras del suicidio asistido? Verónica sabe tan poco de ellas que su cuaderno de notas le queda grande. Pero, aunque encontrara más información, las palabras le resultarían inútiles. Los datos biográficos se escurren entre sus dedos. Debería más bien aprender a usar sus manos para pintar, tejer o hacer coronas de flores. Tal vez así lograría retener algo más de sus resbaladizas existencias. Son como estatuillas de porcelana, esculturas frágiles e imposibles de manipular sin exponerlas al quiebre. Lotte y Sophie no tuvieron la libertad de los ancianos que pululan hoy por la fundación. Los viejitos que, antes de emprender su último viaje, disfrutan de la belleza del lugar y se llenan los pulmones con el olor fresco de los pinos.

Ellas se fueron sin avisar. Lotte y Sophie no tuvieron la oportunidad de despedirse de las personas ni de los lugares que marcaron sus vidas. El dolor debía estar ya demasiado asentado en sus cuerpos, como una ola que las llevaba a cuestas hacia la locura. ¿Qué hacía Ida Hofmann mientras ellas decidían quitarse la vida? ¿Qué hacía la amiga, la confesora, el pilar de contención, mientras Lotte y Sophie consumían la droga fatal, mientras entraban en agonía y atravesaban la última puerta de salida abierta por Otto Gross?

A la mañana siguiente, la luz entra por un hueco mal cerrado de la cortina con efecto *blackout*. Son las nueve y es un día espléndido. Descansaron y retomaron fuerzas. La idea es salir temprano y pasar el día en el valle de Verzasca. El camino es largo e incluye un autobús hasta Locarno, un tren y un segundo trayecto cuesta arriba hasta las montañas de Lavertezzo. El recorrido debería llevarles algo más de una hora de ruta desde el centro. Verónica propone llevar bastante agua y algo para comer. Antes de la llegada de la bestia, Adrien y ella supieron ser grandes caminantes. El recuerdo de algunas situaciones difíciles vividas junto a su marido le vuelve a la memoria. La peor fue durante su luna de miel. Acababan de llegar a un parque natural desde el cual debían empezar la excursión del día. Como no tenían señal en sus teléfonos se lanzaron, sin saberlo, a caminar en la dirección contraria. Un sol calcinante calentaba la tierra seca desde temprano. Después de dos horas de caminata sin haberse cruzado ni un alma y en medio de un paisaje que no tenía nada que envidiarle a la más modesta pradera del conurbano bonaerense, Adrien aceptó el error. El problema fue que, para revertirlo, propuso acelerar la marcha en sentido contrario. Seis horas más tarde, casi sin agua y habiendo consumido las pocas provisiones que habían llevado para almorzar, se encontraron varados en medio de una subida sin fin. Fue uno de sus primeros dramas de pareja. Adrien insistía: debían estar a una hora o a lo sumo dos de la cima y el espectáculo prometía ser exultante. Podían, aún más, *debían* seguir. Él sacrificaría sus restos de agua para que ella bebiera si tenía sed. Incluso le cedió la última mitad de una barrita de cereal que encontró perdida en su mochila. Una vez arriba, todo el esfuerzo habría valido la pena y la bajada sería un juego de niños, pan comido.

Mientras escuchaba sus argumentos, ella se sentía literalmente desvanecida. Le temblaban las rodillas, notaba los rayos del sol quemándole el cuero cabelludo a través de la tela fina de su gorra y tenía una sed de náufraga. La sola idea de volver hasta el estacionamiento donde habían dejado el auto le parecía misión imposible. Esperó a que Adrien terminara su discurso y le comunicó que empezaba el descenso. No podía obligarlo a seguirla, pero tampoco iba a continuar subiendo con él. La excursión había terminado para ella. Presentía que él no sería capaz de abandonarla en medio de la montaña, sin señal y conociendo su nulo sentido de la orientación. La reacción de Adrien fue feroz. Primero se indignó por su falta de coraje y de espíritu aventurero. Sin ningún rastro de empatía, minimizó sus miedos y condenó su derrotismo: «¿Por qué siempre tenés que ser tan *Apocalypse Now*?». El horizonte absurdo de la muerte no puede aparecer al menor imprevisto.

Cualquiera que la conozca lo suficiente sabe que cuando teme, teme morir. Cuando el miedo se apodera de ella vislumbra, con una claridad sorprendente, todos los peligros y causas posibles de defunción que la acechan. Por supuesto, no lo hacía para molestarlo. Su temor era lo más sincero que podía expresarle bajo el rayo del sol, sin agua y en plena subida de una montaña interminable. Las ventanas de su percepción estaban abiertas y todas las señales de alerta de su cuerpo la llamaban a la prudencia. No iba a discutir, la única opción era empezar el descenso ya. Con o sin él. Los momentos que siguieron estaban cargados de una energía espesa, eléctrica. El silencio que gravitaba entre los dos se manifestó como uno de esos abruptos cambios atmosféricos que suelen preceder a las tormentas. Un chaparrón que explota en unos segundos y hace vibrar el cielo. Adrien se sacó la visera para secarse el sudor de la frente y le pidió que lo esperara unos minutos. Debía querer hacerse una idea más precisa del tiempo exacto que les faltaba para alcanzar la cima. Masticaba ya la derrota, pero no quería volver sin fijar en un punto preciso del mapa y de su memoria el lugar a partir del cual habían decidido renunciar. Así es él, nostálgico hasta en los fracasos. Durante los primeros minutos del descenso le parecía que bajaban acompañados de esas nubes negras de los dibujitos animados que siguen a los personajes para todos lados y evidencian su malestar.

En algún momento, y sin saber cómo ni qué lo motivó, Adrien hizo el primer gesto de reconciliación. Tal vez le acercó el resto de agua que le quedaba o le dirigió una de esas inesperadas sonrisas angélicas que pueden brotarle después de sus picos de irascibilidad. Ella suspiró con alivio: la relación estaba a salvo. Por más que ahora le resulte ridículo haber vivido la situación con tal sentimiento de peligro, era una de las primeras veces en que los deseos de ambos se oponían sin posibilidad de consenso. Por lo menos ella lo vivió como algo dramático. Cuando recordaban el momento solo unos días más tarde, Adrien se sorprendía de lo mucho que parecía haberla afectado. Más pragmático, él había conseguido borrar el incidente de su cabeza. A ella, en cambio, esa discusión le había hecho darse cuenta de que la discrepancia entre la voluntad de hierro de su marido y su épica del fracaso iba a crearles más de un problema en el futuro. Los años que siguieron estuvieron llenos de caminatas. Escalaron montañas y colinas en diversos países, y casi siempre llegaron juntos al final. Para seguirlo, ella tuvo que aprender a sobrellevar sus miedos y a sufrir en silencio. En su caso, el ascenso a la cumbre del matrimonio fue un camino de espinas.

En el trayecto hacia la terminal de buses llama a Adrien para tener noticias de Nico. Todo sigue más o menos igual. Duerme mucho, pero, aunque sea, empezó a reclamar agua y a comer alguna que otra cucharada de compota. Justamente está durmiendo ahora. Su padre confía en que pronto va a estar recuperado. Verónica se siente agradecida de saber que Adrien está ahí, que Nico puede contar con él. Antes de emprender el paseo, paran en una panadería y compran unos paninis y algunas botellas de agua. Tienen que llegar hasta la estación de Locarno, desde donde un tren las llevará hasta una parada ignota. Una vez allí, a la vera de una ruta y junto a una parva de turistas, esperan la llegada del autobús 321 en dirección a Lavertezzo. Tiene que reconocer que no hay nada que criticarle a la organización suiza. Exactamente a la hora estipulada en los paneles, dos enormes buses detienen sus motores frente a los pasajeros que esperan sobre la minúscula banda de asfalto. Todos logran subir y viajar sentados.

El autobús empieza su subida por la montaña y atraviesa minúsculos pueblitos con un puñado de casas, una iglesia de piedra y un campanario. Entre giros y vueltas cerradas, dejan atrás una represa y algunas pequeñas cascadas que se forman al borde de la ruta. Para su sorpresa, los turistas van bajando de manera escalonada en las diferentes paradas. Al cabo de un rato llegan a Lavertezzo. La vista es espectacular. Tienen una perfecta panorámica sobre el puente de los Saltos y su cascada de agua turquesa. La pasarela es una estructura con dos elevaciones que le hacen pensar en las jorobas de un camello. Desde donde están, distinguen las siluetas minúsculas de los turistas subiendo y bajando por las colinas. Incluso ven a algún bañista tirándose al agua helada para ganar a nado la roca más cercana. En los extremos se yerguen unos enormes bloques de piedra. Varias personas en traje de baño descansan en esas improvisadas terrazas. Solo de vez en cuando escuchan el *pluff* de algún osado que no le teme a zambullirse. El objetivo es evitar el punto más cargado de turistas.

Apenas empiezan el ascenso, «Nature Boy» suena en sus oídos. Mientras Verónica tararea mentalmente la letra, les cuenta a sus amigas la anécdota de la canción. El músico y poeta que la compuso se hacía llamar Eden Ahbez y fue algo así como el primer hippie. Llevaba el pelo castaño claro y la barba muy largos y cultivaba un estilo de vida despojado y natural. Su canción más conocida, si no la única que se le conoce, fue «Nature Boy», de 1947. Gracias a una adaptación de Nat King Cole, el tema resultó ser un hit durante varias semanas consecutivas y dejó su huella en los hippies de los años sesenta. Repite mentalmente la primera estrofa:

> *There was a boy,*
> *a very strange enchanted boy.*
> *They say he wandered very far, very far*
> *over land and sea.*
> *A little shy and sad of eye,*
> *but very wise was he.*

La imagen de ese niño extraño y encantado de ojos tristes le da vueltas en la cabeza. Por razones que no sabría explicar, el himno de Eden a ese tímido niño interior que vagó y vagó a través de mares y tierras desconocidas hasta convertirse en un sabio la conmueve. ¿La hace pensar en Nico? ¿Piensa en los viajes que hará un día? ¿Los viajes que lo llevarán lejos y lo transformarán, espera, en alguien mejor que ella y Adrien? A pesar de su predisposición urbana y de su falta de destreza física, debe reconocer que, desde que llegó a Ascona, ella también fantasea con ser una chica de la naturaleza. O al menos una mujer menos inepta para la vida fuera de las ciudades. Ahora entiende mejor la decepción que experimentó cuando visitaron la cabaña de «aire y luz» de la fundación. Era la incomodidad de sentir que ese santuario de la vida simple con el que habían soñado Thoreau o Ruskin se había transformado en algo más cercano al decorado de un film. Tal vez no va a hacerla comulgar con el proyecto del ecopueblo, pero este viaje es un intento de acercarse a la idea de la cabaña y de la colina. Una pausa para pensar mejor con qué madera podría construir su propia choza, qué tan alta e inaccesible sería su Montaña de la Verdad.

Avanzan por un estrecho camino de tierra que sigue el curso del río. Por momentos, un puente o algún pequeño obstáculo corta el paso. Es una naturaleza domesticada: no hay nada salvaje en aquellos árboles que las protegen del sol, ni en las hojas que cada tanto se desprenden de sus copas y revolotean unos instantes sobre sus cabezas antes de depositarse en el suelo. Aunque sabe que el final se aproxima, sigue sin saber qué va a hacer con su vida. Una voz interna la tranquiliza: no es el momento de tomar grandes decisiones. Solo tiene que escucharse y dejarse acompañar. Las respuestas que busca no se encuentran en un manual de recetas ni en un libro de autoayuda. Prefiere esperar y dejarse atravesar por el silencio mineral de la montaña. Camina atenta al ruido de sus pasos, a las débiles corrientes de aire que mueven los árboles. Esta semana es un paréntesis, un blanco. Recuerda las extrañas visiones que tuvo en el templo de Elisarion y en la gruta. Piensa también en esas voces que viene persiguiendo como una cazadora de fantasmas o como una médium a la espera del detalle, de la más mínima señal que le confirme que el espíritu de la montaña está con ella. Confía en que son Ida, Lotte o Gusto los que están esparciendo pistas, guiándola o, simplemente, intentando hacerle llegar un mensaje esperanzador.

Siguen subiendo y sus miradas se pierden entre las ramas y las hojas que crujen bajo sus pies. Escalan sin necesidad de saber dónde terminará el ascenso. Con la tranquilidad de que nadie las espera y de que no hay ninguna cima que alcanzar. El recorrido dura lo que quieran andar. Son ellas las que deciden las pausas y fijan el ritmo en medio de aquella vegetación mansa.

Después de atravesar una zona escarpada dan con el lugar ideal para improvisar un pícnic. Apenas unos metros cuesta abajo, el río forma una pequeña laguna rodeada de piedras chatas. El sol calienta el aire y no hay nadie aparte de ellas. Deciden sacar sus lonas y almorzar al borde del agua. Si bajo los árboles la temperatura se mantenía bastante fresca, ahora es el momento de sacarse los buzos y de ponerse anteojos de sol y viseras.

Mientras le da un primer bocado a su panini, Verónica piensa que lo más terrible del proyecto de Adrien es el trabajo físico. Lo que más miedo le provoca del plan permacultural «cero petróleo» es el inmenso esfuerzo corporal que supone. No quiere exagerar, pero tal vez su espíritu no esté tan alejado del de Gusto Gräser y su reivindicación de la pereza. La regla del trabajo en contacto con la naturaleza de los monteveritanos le parece lógica, pero no deja de sentirla demasiado alejada de sus posibilidades y, sobre todo, de sus aptitudes. La idea de exponer su cuerpo al viento y al sol, de volverse aguerrida y resistente gracias al cultivo de la tierra, le genera dudas. ¿No debería más bien, como quería Ida Hofmann, desarrollarse en campos de la actividad humana en los que se sienta menos incapaz?

El trabajo en general, ni hablar del trabajo extenuante que supone la vida del campo como la entiende Adrien, le parece una forma edulcorada de esclavitud. Por más que le cueste reconocerlo, tiene la impresión de que su vagabundeo laboral no es solo un efecto colateral de las difíciles condiciones de trabajo para los extranjeros ni de su área de especialización, tan poco propensa a los puestos. A medida que reflexiona, detecta un germen de rebeldía en su rechazo a instalarse en los Pirineos. ¿Por qué no hacer de la huelga general un estilo de vida? Tal vez la flojera y la vagancia que su entorno no deja de reprocharle sean, en realidad, un síntoma de su vocación de desmoronar el sistema. Quizás llegó el momento de abrir la boca y declararles la guerra a los útiles y a los competentes, a los capaces, a los sobrecualificados y a los capos de la rosca. A fin de cuentas, ¿qué pasaría si capitulara? ¿Si reconociera frente a Adrien y el resto del mundo su necesidad vital de vagancia? No por eso va a abandonar a Nico. Tal vez su inutilidad termine, por vías que todavía no le resultan claras, contribuyendo de alguna forma a la sociedad.

Decide hablarles a sus amigas del proyecto de gineceo pampeano de Lucía. Les explica que entre mujeres podría ser más fácil. Seguro encontraría alguna forma de desarrollar sus puntos débiles. En todo caso, se resiste a marchitarse y a dejarse ningunear por el mercado laboral. Una semilla antiutilitarista crece en ella y, aunque no reconoce todavía los brotes de esa planta, se niega a arrancarlos de raíz. No le tienta tirar del arado ni explorar la tracción animal con Adrien, pero tal vez podría cultivar hierbas aromáticas y controlar el crecimiento de los árboles frutales que está plantando Lucía en su pampa natal.

Diana y Jo la escuchan en silencio. Se han sacado los anteojos de sol y la miran con los ojos excesivamente abiertos.

—¿Estás considerando separarte? —pregunta Jo algo alarmada.

Las dos parecen preocupadas. ¿De verdad cree que Adrien la dejaría llevarse a Nico a la pampa? ¿Nunca vio *Durmiendo con el enemigo*? Más le vale olvidarse de volver a Argentina si quiere seguir viendo a su hijo. Ahora es ella la que mira a sus amigas con expresión herida. Nunca dijo que quisiera separarse, simplemente les comentó que la idea de Lucía le resultaba atractiva. Si otras amigas quisieran sumarse a la huida a los Pirineos, tal vez no sentiría tanto malestar. Insiste en que no está pensando en dejar a Adrien. No se ve criando a Nico sin él. Por supuesto que su marido no lo ve así, pero la mayor parte de los vecinos del ecopueblo son franceses y europeos recién desembarcados de grandes ciudades. Puros bichos urbanos camuflados de amantes de la naturaleza. No se imagina allí con Adrien y Nico, aprendiendo a manipular un arado y experimentando con fertilizantes naturales como si acabaran de descubrir la pólvora. Además, sería renunciar de una vez por todas a sus pretensiones profesionales. Adrien insiste en que es el lugar perfecto para leer y escribir, pero ella sabe cómo terminan las mujeres que tienen hijos en el campo sin contar con ayuda. Al principio podría adaptarse a la novedad. A Nico seguro le gustaría tener un jardín con flores y árboles frutales, un perro, gatos. Pero ¿después? ¿De qué podría trabajar?

—¿Saben cómo se deterioran de rápido las casas en el campo? —pregunta buscando la empatía de sus amigas.

—¿Y no será que empezaste a extrañar? Siempre me llamó la atención que no tuvieras más ganas de volver a Argentina —arriesga Diana.

Su amiga sacó la pregunta del millón. Es cierto que lleva más de diez años intentando adaptarse a Francia. No fue un éxito, pero tampoco un completo fracaso. Terminó su doctorado y tuvo un hijo. Hasta ahora siempre fue consiguiendo trabajos esporádicos y bastante precarios, es cierto, pero que le aseguraban un salario y cierta independencia. Intenta imaginarse la foto con Adrien y Nico en el campo argentino. El verdadero, tal vez el único campo que su espíritu es capaz de concebir. Imagina esas planicies sin fin, esos desiertos en los que se puede andar a caballo durante horas y horas sin cruzarse con un alma, un árbol, nada. La pampa salvaje de los gauchos y las fortineras. Por otro lado, debe reconocer que más allá de algún fin de semana en una estancia o en alguna granja cuando era chica, su único contacto con el campo fue la lectura de *Don Segundo Sombra* y de *Martín Fierro*. De todas formas, la pregunta de Diana la deja pensando. ¿Por qué nunca formuló la idea de volver a Argentina juntos? Es cierto que hay algo en esos jardincitos mansos, en esa naturaleza podada y llena de buenos propósitos, que no le cierra. Las curvas dóciles de las colinas y el verde brillante de los pinos la perturban. Entiende que para los monteveritanos funcionara, a fin de cuentas eran europeos del norte, pero a ella no la convence. Piensa en la segunda vida que Ida y Henri tuvieron en Montesol. Ellos, tan enamorados de las colinas suizas, supieron adaptarse a la selva brasilera. Ella, en cambio, no concibe mudarse a los Pirineos, pero ¿la idea de ir a la pampa la convence más?

Terminan de almorzar y se recuestan a descansar sobre las rocas. Al cabo de un rato, se sacan las zapatillas y hunden los pies en un agua celeste y helada que les corta el aliento.

Después de un rato de siesta y de lectura, deciden seguir. A medida que suben, descubren diferentes pueblitos perdidos en la montaña. Son todos similares. Un puente que atraviesa el río, un puñado de casas de piedra y alguna pequeña construcción con un campanario. La mayor parte de las viviendas están cerradas. ¿Se tratará de pueblos fantasma? ¿O de casas de fin de semana? Avanzan todavía durante unas dos horas hasta que el cansancio les pide volver. Por suerte, el autobús que las dejó en Lavertezzo hace muchas paradas. No tendrán que desandar el camino entero. Les basta con caminar hasta el siguiente pueblo y esperar en sentido contrario. Antes de salir, se impuso no revisar compulsivamente su teléfono. Ya en dirección a la terminal de trenes, se autoriza a chequear por primera vez su correo. Solo recibió un escueto mensaje de Adrien confirmándole que Nico ya está sin fiebre. El mensaje es esperanzador: el bebé está recuperado. Ninguna noticia de Ignazio. El hecho de no poder hacer nada concreto por su hijo convaleciente la entristece.

Mientras el autobús baja y sus amigas cierran los ojos, se pregunta si la idea de irse a la pampa no tiene que ver con su deseo inconfesado de desaparecer. Piensa en Laura y en las fotografías de las mujeres que sustrajo de los archivos. La última vez que la vieron fue también en torno a un fogón. En los documentos robados, los rostros y las siluetas de las mujeres parecían quemados por la cercanía del fuego. Son retratos sobreexpuestos. Sin embargo, siente que esas imágenes esconden algo más. ¿Qué le dicen sobre esas mujeres? Debe haber algún detalle que se le está pasando por alto, alguna información a la que no le prestó atención. Por otro lado, tiene que reconocer que la desaparición de Laura no la dejó indiferente. ¿Dónde puede haberse metido? Y, sobre todo, ¿se fue por su cuenta? ¿Se la llevaron? Ahora que está desde hace varios días lejos de su casa y de su familia, le resulta cada vez más entendible el deseo de extraviarse. ¿Quién no fantaseó alguna vez con desaparecer sin dejar huellas? ¿Quién no quiso ser el objeto de una búsqueda imposible?

Qué agradable sería volverse inaccesible, evanescente, aunque más no sea por un rato. Transformarse en una ausencia ideal, en una incógnita. Recuerda la *nouvelle* de Daphne du Maurier que leyó hace ya algún tiempo: *Monte Verità* no conoce el éxito de sus novelas anteriores. Piensa de nuevo en el personaje de Anna, la protagonista desaparecida, la fuente de misterio que abre el relato. Mientras el autobús encadena los giros, una procesión de imágenes desfila por su mente. ¿Cuántas de sus historias preferidas tienen por heroína a una mujer que huye o que fantasea con desaparecer, con abandonar su vida para volverse otra? Piensa en *Viaggio in Italia*, de Roberto Rossellini, con Ingrid Bergman visitando las ruinas de Pompeya y los museos de Nápoles mientras asiste a las últimas secuencias de su matrimonio. Siempre le fascinaron esos viajes en los que se signa el final de una pareja.

El genio de Rossellini se plasma en los planos en picado y contrapicado que envuelven a Bergman y a las estatuas monumentales. A pesar de que vio la película hace años, le quedó grabada la escena de la excursión a Pompeya en la que la actriz ve la creación de una réplica en yeso de una pareja de pompeyanos.

La lava, las llamas y las cenizas de la erupción fijaron a los amantes unidos en un abrazo para la eternidad. Piensa también en *L'Avventura*, de Michelangelo Antonioni, y en el personaje de Claudia, interpretado por Monica Vitti. La película se inicia con un viaje, un crucero por el Mediterráneo en el que otra Anna, la mejor amiga de Claudia, desaparece misteriosamente. La tripulación, integrada por Sandro, el prometido de Anna, y algunas parejas de amigos, se dedica a buscarla. Incansablemente, Monica Vitti, alias Claudia, recorre junto a Sandro las islas y los pequeños pueblos en los que algunas personas aseguran haber visto a una mujer que podría ser Anna. De manera abrupta y tal vez sin buscarlo, Claudia y Sandro se enamoran. Al principio, ella lucha para oponerse a ese deseo que le resulta vil, pero la atracción entre los dos se impone. Claudia, la mujer que solo un día antes buscaba desconsoladamente a su amiga, ahora desea que no regrese. Anhela con todas sus fuerzas que Anna se haya esfumado para siempre y que no vuelva a reclamar a su prometido.

Volvió a pensar en la película hace poco. Unas semanas antes del viaje, le entraron unas ganas inexplicables de ver de nuevo el momento de la desaparición. La mejor manera de darle vida es escamotearla, hacer que ocurra fuera de cámara. Antonioni no muestra nada más que los momentos previos: las pausas, los diálogos lánguidos y los tiempos muertos que la anteceden y la prolongan. De ahí que el misterio sea tan poderoso como las olas rompiendo contra los acantilados de la pequeña isla del mar Egeo. A los sobrevivientes solo les quedan los gestos y las escasas palabras previas de Anna: «Quisiera ausentarme, no estar más», le confiesa a Sandro justo antes del drama. No habla de días ni de semanas, sino de una ausencia que podría durar meses o incluso años. Justo antes de desaparecer, fantasea con que todos la olviden. Pero esas palabras no auguran necesariamente algo trágico.

La esperanza del olvido puede ser también la de empezar una nueva vida.

Mientras se deja mecer por el vaivén del autobús, se pregunta desde cuándo ella también fantasea con desaparecer. Aunque no tenga la fuerza ni la belleza de Monica Vitti o de Ingrid Bergman, aunque no haya ido a probarse pelucas ni a procurarse falsos papeles de identidad, sabe que todo el viaje estuvo marcado por un deseo de cortar amarras. ¿De dónde le viene ese impulso de querer dejar de ser la madre, la esposa, la nuera, la desempleada? ¿Ese deseo de dejarlos a todos? Que se arreglen sin ella. Tal vez por eso se convenció de que tenía que jugar el rol de la investigadora, de la potencial amante, de la desconocida. Ser otra hasta el final y sin concesiones. Tal vez las voces de Ida, de Mary, de Lotte, esas mismas que le hablaban en murmullos durante la vigilia o en las interminables noches de insomnio en las que se movía de la cama al sillón del salón, le estaban indicando vías de salida.

Al día siguiente, Verónica se levanta con la sensación de llevar demasiado tiempo viviendo en la fundación. Los hoteles le generan a veces ese efecto de transitoriedad estabilizada. Una tranquilidad que reposa sobre bases tan precarias como el hecho de saber que el cuarto estará listo al volver por la tarde, con las sábanas de la cama estiradas y esa rigidez tirante que solo saben lograr los profesionales del aseo hotelero. Es el último día del viaje y un aire nostálgico se cuela por las hendijas de la habitación. Quién sabe cuándo será la próxima vez que viajen juntas. Tiempo al tiempo. Siguiendo un impulso, saca de la funda de su computadora la foto más nítida que tiene de las tres mujeres alrededor del fuego y se la guarda en un bolsillo del pantalón.

Terminan de cambiarse y bajan a desayunar. Como se les hizo costumbre, llenan sus bandejas con avidez. Mientras toman sus cafés, evalúan las opciones que se les presentan para el día. Diana propone dar un último paseo por el centro y visitar la Madonna della Fontana, una pequeña iglesia que, al parecer, amerita el desvío. Esta vez, deja que ellas tomen la iniciativa. Cree recordar que Ida Hofmann hablaba de esa iglesia en uno de sus textos autobiográficos. Después de dejar las bandejas sobre la mesa del desayunador, vuelven a la habitación para cerrar sus mochilas y prepararse para salir.

Verónica les avisa que las espera en el jardín y baja para llamar a Adrien. Nico está mucho mejor. Ya no tiene fiebre y volvió a comer. La cantinela alegre de sus monosílabos y grititos impregna el ruido de fondo. Por primera vez en lo que va del viaje, escucha claro y contundente su amado «¿ma-má?». Esa vocecita lejana está ahí para recordarle, con esas dos míseras sílabas, que un día supo ser un personaje central en la vida de su familia. Una madre que está vivita y coleando al otro lado del teléfono. Mientras hablan, con la destreza tecnológica que lo caracteriza, Adrien le manda fotos. En la primera, se lo ve con la bestia sonriente sobre los hombros y las montañas de fondo. En la segunda, la bestia atraviesa un jardín con flores. Su hijo está feliz. Recuperó la sonrisa y almorzó con apetito. Mañana emprenden el camino de vuelta.

—¿Qué tal están ustedes? ¿Preparándose para el final?

—Ya quiero abrazarlos —dice ella, y esta vez no detecta nada raro en su tono de voz.

—Mañana a la noche nos vemos. Disfruten —se despide Adrien.

Van a dar un último paseo por el campo y debe apurarse si quiere cambiarle el pañal a Nico. La conversación se corta. Verónica se imagina ya entornando la puerta del cuarto de la bestia con movimientos suaves para no despertarlo. Solo quiere mirarlo dormir. Tal vez, con una delicadeza absoluta, se arriesgue a despejarle la frente de uno de los bucles que vienen, a veces, a taparle los ojos mientras sueña. Mira el cielo y, por unos instantes, se concentra en las nubes que pasan siguiendo la dirección del viento. El día está raro. Es difícil predecir si el sol va a terminar de salir o si las nubes van a cubrirlo todo.

Esa mañana no hay rastro de los potenciales viejitos suicidas en el parque. Tampoco se cruzó con la mujer de pelo corto de la recepción. El congreso «Utopía y política» terminó y no hay movimiento en los pasillos. No se ven nuevos huéspedes con valijas a cuestas, ansiosos por instalarse en sus habitaciones. ¿Dónde estarán todos? Mientras espera que sus amigas bajen, chequea sus mails. Un correo sin título reluce en su bandeja de entrada, coronado por el círculo azul de los mensajes no leídos. El nombre de Ignazio brilla en letras negras. Lo abre y lo lee en un segundo. Siguen sin noticias de Laura, pero no descartan que se trate de una de sus excentricidades. Esa tarde habrá una *kermesse* en el colegio Papio y creen que tal vez vaya directamente allí. Van a presentar la obra con el mito de la creación de la raza humana que ellas vieron hace unos días. Laura no se lo perdería por nada del mundo, fue su idea. En todo caso, si quieren pasar a conocer el colegio, son bienvenidas. Es un día de puertas abiertas.

Unos minutos después, Jo y Diana atraviesan el vestíbulo. Tumbada de espaldas en una de las reposeras del jardín, no puede verlas, pero oye sus risas y sus retos cariñosos para que se despabile. Por unos instantes, se queda con los ojos clavados en las nubes cada vez más grises que se desplazan encima de su cabeza.

Bajan hasta el centro a paso tranquilo y se pierden por las calles enroscadas. Van comentando los detalles de la vuelta al día siguiente. Diana saldrá temprano en dirección a Milán y desde allí tomará un avión hasta Barcelona. Jo y ella harán prácticamente el mismo camino que a la ida. Hablan, se ríen, y sus miradas se pierden entre los objetos y las ropas variopintas expuestas en las vidrieras. Lograron llegar hasta el último día sin necesidad de consumir su felicidad, piensa con ternura mientras mira a Diana, cada vez más interesada en el contenido de los escaparates. En un momento se detienen frente a un pequeño local. Sus amigas entran, pero ella se queda un rato en la vereda observando las telas y los sombreros. Echa un vistazo hacia los otros negocios de la cuadra, que parecen hechos de la misma madera, una especie de cedro oscuro. Se sienta sobre un pequeño saliente y, por hacer algo, abre de nuevo sus mails. Como una voz de ultratumba, el nombre de Lucía aparece en la bandeja de entrada.

Su correo es un torrente eufórico de información. A medida que lee, Verónica detecta que no hay ni una palabra para ella, ni unas líneas de cortesía para preguntarle cómo está, cómo van sus cosas, cómo lleva su crisis. Lucía va directamente a lo que le interesa. El proyecto del gineceo pampeano está en pausa. Tuvieron algunos inconvenientes con los fondos previstos para la compra del lugar. Nada grave, pero en vez de derrochar plata alquilando el complejo de casas, decidieron que lo mejor era esperar la llegada del verano y aprovechar esos meses para poner los papeles en orden e intentar aumentar los ahorros colectivos. No descartan gestionar el ingreso de nuevas interesadas. Preferentemente, acaudaladas descendientes de las fortineras de las pampas con el capital necesario para invertir en la compra del campo. Aunque conoce a Lucía y sabe lo mal que suele lidiar con la espera y la incertidumbre, este traspié no parece preocuparla demasiado. Va a intentar usar ese tiempo para buscar un trabajo mejor pago y avanzar con la venta de su departamento.

De todas formas, ese paréntesis le viene bien. Conoció a alguien, escribe. Fue en una fiesta en la casa de Dolly, una de sus amigas promotoras del gineceo. Un amigo de amigos, un *baby* de apenas veinticinco años. Belleza angelada, buen lomo, cabeza pensante, muy solar, agrega. Por el momento están saliendo, conociéndose, pero Lucía intuye que es «Él». El pronombre, ridículamente acentuado, resuena en su cabeza y le despierta ecos alarmistas. «¿Él qué?», arremete para sus adentros. Su boca se abre en una mueca de alarma. ¿Cómo puede ser que un hombre la distraiga de sus deberes para con el gineceo? ¿El ideal de la autosuficiencia entre comadres se le antoja menos indispensable ahora que apareció un nuevo tipo?

Intenta hacerse una idea más concreta del personaje del que Lucía está enamorándose. La imagen de la perfecta encarnación de la bohemia porteña se materializa en su mente. Si lo conoció en lo de Dolores, su pretendiente debe tener un largo historial de estudios sin futuro. Apostaría a que se trata de un filósofo o de un egresado de la carrera de Letras Clásicas. A menos que sea uno de sus compatriotas de Artes. No tiene ni idea de quién es el susodicho, pero es como si lo tuviera frente a sus ojos: jeans Levi's con alguna rotura cuidadosamente visible, remera negra y melena castaña con destellos rubios que, seguramente, enceguezcan a Lucía y la alejen del sol tan necesario de la pampa. Intuye lo peor. Ese hombre va a alejarla de ella y va a boicotear el proyecto del gineceo. Si salió del círculo «Facultad de Filosofía y Letras», debe estar recitándole a Verlaine de memoria o explicándole a Heidegger mientras se lava los dientes. Ese ser se le figura como la encarnación del mal.

Es joven, pero no está en contra de tener hijos pronto, escribe Lucía. Sabe que es una locura, las cosas están encadenándose demasiado rápido, anticipa incluso que la primera reacción de Verónica sea de inquietud o de desaprobación. «Quedate tranquila. No estoy loca. Estamos enamorados». Lucía le asegura que es la primera vez en su vida que siente en las entrañas el deseo de tener un hijo. No un hijo en general, le explica: un hijo *suyo*. ¿Sabe de qué le habla? ¿Sabe lo que es estar perdidamente enamorada? Por su mente desfilan en silencio las siluetas de los incontables amores de su amiga. El rockero malo que arruinó sus años de estudiante y la volvió celosa e insegura; el semental que se la cogía en lugares públicos y era incapaz de hilar dos ideas seguidas; el académico frustrado de ojos azules y aire de cachorro abatido que la bendecía por ponerle un poco de picante a su vida de *milkshakes* y congresos. El mismo que no dudó en hacerla desaparecer de su vida cuando se dio cuenta de que cualquier frase de Lucía tenía más vuelo que todas las páginas que él pudiera escribir.

«Enamorados», repite Verónica en voz alta, y siente un resabio ácido formándosele en la boca. ¿Y qué pensará hacer con la regla de los hombres afuera? Lucía no dice nada al respecto. Evidentemente, no le escribió para hablarle del gineceo, sino para que apruebe y comente su nuevo amor. Un silencio molesto se expande en el infinito espacio virtual que separa sus pantallas. ¿Enamorarse no es algo que les pasa a los jóvenes, o al menos a los que tuvieron la suerte de no vivir demasiadas adversidades amorosas? Aunque le moleste reconocerlo, la palabra está asociada para ella a la inexperiencia y al optimismo de los que se lanzan a la carrera con zapatos demasiado nuevos que, al cabo de un par de kilómetros, les lastiman los pies y los dejan fuera de pista.

Debe ser un problema suyo. En su entorno, sus amigos y colegas se enamoran. Muchos le dedican incluso un tiempo y una energía considerable al tema. Salen, conocen gente, se inscriben en sitios de encuentros de los que después se dan de baja, jurándose que nunca, pero nunca más caerán en la trampa. Se autoengañan, aunque algunos lo disimulan mejor que otros. Después de repasar el carnet de conocidos que, piensan, también buscan enamorarse, abjuran de sus más férreas convicciones y vuelven a bajarse las aplicaciones de citas a las que estaban inscritos. Suspiran y se alegran de la inteligencia emocional que los llevó a no haber dado de baja sus suscripciones. En algún momento, los azares de la vida vuelven a ponerlos cara a cara con alguna forma más o menos tradicional del amor. Empiezan a estar con alguien. Se ven seguido, cada vez más. A veces se enamoran, se ponen en pareja, se mudan juntos o no, incluso se casan o tienen hijos. Con el paso de los años, algunos, aunque últimamente son cada vez más, se separan y juran que nunca, pero nunca más caerán en la estafa del amor. Al cabo de un tiempo, más o menos largo en función de la amnesia emotiva de cada quien, vuelven a iniciar el ciclo.

Verónica ama a esos amigos y amigas que siguen intentando. Los admira incluso en su inconsistencia y en su bienintencionada insensatez. Los que más le llaman la atención son los que vivieron horrores, verdaderas pesadillas con sus antiguas parejas. Los que podrían, sin necesidad de pensarlo mucho, retirarse con la frente bien alta del mercado amoroso. Por lo general son esos, precisamente los que más sufrieron, los que más rápido vuelven a insistir con enamorarse. Muchos lo logran sin necesidad de buscar demasiado. Ella los escucha en algún restaurante o en un bar contarle, felices, las buenas nuevas. A veces le cuesta entender la cronología. ¿Cómo es posible si pasaron tan solo unos meses o apenas un año después del gran apocalipsis amoroso en el que se había transformado su vida? Los escucha y les dice que se alegra, y de verdad se pone feliz de verlos felices. Pero en el fondo le cuesta entenderlo. ¿En serio logran confiar tan pronto de nuevo? ¿No serán demasiado crédulos? ¿No les faltará una necesaria y protectora capa de escepticismo? Dado el desastre que vivieron hace tan poco podrían ser algo más pesimistas, se dice, pero se lo calla. ¿Podría pasarle a ella lo mismo? ¿Es que nadie sabe vivir tranquilo sin necesidad de enamorarse?

En todo caso, volviendo a Lucía, debe reconocer que jamás se le hubiera ocurrido la idea del hijo-ofrenda a «El Hombre». Supone que a ella la sedujo más bien la foto de la familia feliz, del equipo que sale para adelante contra viento y marea. Tal vez la ilusionó también la idea abstracta del hijo: un bebé regordete y sonriente con extremidades llenas de pliegues y olor a leche. En suma, todo lo que horripilaría a Lucía. Un bebé estilo publicidad de pañales Pampers, en las antípodas de la bestia con sus patitas largas y flacuchas y su cara seria de nene grande. El mail de Lucía se cierra con una interpelación: «¿Sabés de qué te hablo?».

No es mala pregunta. ¿Sabe genuinamente de qué le habla? Si se pusiera a indagar un poco en sus sentimientos, no tardaría mucho en reconocer que la llegada de la bestia trastocó bastante los roles amorosos en su pareja. Desde que llegó a sus vidas, Nico y ella son la verdadera pareja del trío improvisado que constituyen con Adrien. Tal vez la lejanía que se impuso con este viaje no sea más que una puesta a prueba de ese amor. Un obstáculo o una falsa distancia sin otro propósito más que corroborar lo indestructible de ese lazo. Piensa en su relación con él. Se los imagina como dos electrones girando uno detrás del otro, embelesados, ofreciéndole su baile y su falsa persecución al núcleo impertérrito del amor materno.

Unos golpecitos secos en el vidrio de la ventana la sacan de sus delirios. Es Jo haciéndole un gesto. Tiene los dedos de una mano unidos por las yemas en un ademán inequívoco de interrogación. Verónica le sonríe y le da a entender que ya mismo entra. No piensa emitir un veredicto sobre el metejón de Lucía. Tal vez más tarde el encuentro con la Madonna della Fontana le inspire sentimientos más amorosos.

Diana compró un vestido con estampado estilo africano y lo guardó al fondo de su mochila. Gastó una cantidad importante de francos y está lista para afrontar el resto del día. Jo propone ir directo hacia la iglesia. Pueden ir a pie y almorzar en el restaurante que está justo al lado. Como Verónica confirmó leyendo sus notas justo antes de salir, es el sitio que le inspiró a Ida Hofmann su texto más místico y personal. La crónica no tiene más de tres páginas, y la única versión que encontró estaba redactada en alemán antiguo con una ilegible caligrafía gótica. Había necesitado la ayuda de los padres de una amiga nativa para traducirla. En español, el título es algo así como «Lo que aprendí de la Virgen». Es un texto raro que fluctúa entre lo espiritual y la arenga feminista. Además de describir su primera visita a la Madonna della Fontana, Ida ensaya una loa a la Virgen María, en la que ve una representación de todas las diosas. Al finalizar la misa del 15 de agosto, reflexiona sobre la condición femenina y las posibilidades de emancipación que se les presentan a las mujeres de su tiempo. Durante la ceremonia religiosa se deja impresionar por la estatua que parece flotar en lo alto de la iglesia, por el dorado de su corona y el azul de su vestido. Observa los cuadros dispuestos en los altares y retablos laterales y constata que es la única mujer con el pelo suelto entre todas las otras, paisanas y burguesas, que asisten al oficio. Más allá de que son hombres todos los que rodean el altar y dirigen la misa, ella tiene una revelación. La Virgen encarna una fuente de fecundidad y de potencialidad femenina, es una llama capaz de guiarla a ella y a muchas otras. Ida cita unos versos de Novalis y habla de elevarse por la fuerza del milagro. En este punto del texto, daría la impresión de que la escritora vuelve a posar los pies en la tierra. En el mundo real los milagros se expresan por una voluntad fortalecida, por un soplo de fuerza capaz de operar cambios profundos en las personas.

¿Experimentará ella también una sensación similar frente a la estatua? El camino hasta la iglesia es corto. Bordean la ruta y, antes de darse cuenta, llegan al viejo edificio. El lugar no parece un sitio turístico. Con su cemento descascarado y los techos llenos de un musgo verde muy crecido, la iglesia está en ruinas. Solo la presencia de un modesto campanario con una cruz permite adivinar que se trata de un lugar de culto. Una escalera con adoquines las lleva hasta la entrada, pintada de un amarillo pálido. Justo al nivel de la puerta distinguen un vestíbulo de mármol con un rostro de ángel. Por encima hay un busto de Dios bajo la forma de un hombre barbudo con una corona suspendida sobre su cabeza. Como la iglesia está cerrada, la rodean para ver si encuentran a alguien que pueda darles indicaciones.

La parte posterior del edificio está igualmente desierta. Solo se distinguen dos hileras de ventanas cerradas por postigos de madera. Bajan hasta el jardín. No perciben ningún rastro de las monjas ni de los religiosos que, supuestamente, deberían vivir en el convento anexo. Sin saber muy bien qué hacer, avanzan algunos metros entre los árboles que ocultan a medias la iglesia. Así la cosa, vuelven a la entrada para ver si logran abrir la puerta o si encuentran alguna información sobre los horarios de visita. Nada. Ningún consejo acerca de cómo deberían ponerse en contacto con la Virgen.

Algo frustradas, retoman la ruta en dirección al restaurante. Aunque está vacío, el lugar irradia un aire familiar. La construcción de paredes de piedra y tejas marrones les hace pensar en un quincho. El espacio interior está flanqueado por puertas-ventanas terminadas en arcos. En el patio hay mesas y bancos de piedra. Por ahora, son las únicas clientas del lugar. Nada raro considerando que es un día de semana y que son recién las doce del mediodía. Un hombre bajito y sonriente sale a recibirlas. Le preguntan con señas y en un italiano rudimentario si la iglesia va a abrir más tarde. Él les hace un gesto afirmativo, subiendo y bajando el mentón. Con la carta del restaurante en las manos, se instalan en una de las mesas ubicada bajo los árboles.

Mientras analizan qué van a pedir, Verónica les cuenta a sus amigas que una de las mujeres sobre las que está investigando escribió un texto místico acerca de su encuentro con la estatua de la Virgen que está, precisamente, en esa iglesia. Ida no lo describe en esos términos, pero se trató de una verdadera revelación feminista. No les vendría nada mal rozar el pie de aquella estatua. Diana le recuerda que son ateas y que, a menos que la estatua llore lágrimas de sangre, no va a abjurar de toda una vida de libertinaje espiritual.

—Eso no tiene ninguna importancia —insiste Verónica—. La Virgen fue un canal para Ida, una especie de encarnación de todas las diosas, una visión sobre el poder fecundo y emancipado de las mujeres.

—¿Esa también consumía hongos? —pregunta Jo para pincharla.

—Jamás. Ida respetaba la libertad de los pacientes y de los miembros de la comunidad, pero su propia higiene de vida era espartana. No comulgaba con la idea de la experimentación poliamorosa ni con el consumo de drogas.

—Una versión menos divertida de la cura en la montaña que nos habías vendido —agrega Diana mientras considera con entusiasmo el menú.

Es cierto que exageró un poco las bondades del destino para animarlas a acompañarla. No se arrepiente. El viaje no hubiera sido igual sin ellas. Se da cuenta de que no les contó nada sobre la desaparición de Laura.

—Me había olvidado de contarles. Ayer me escribió Ignazio para preguntarme si habíamos visto a Laura más tarde el día de la fiesta. Parece que no durmió en su casa esa noche y nadie sabe dónde está.

—¿De veras? Pero qué raro, ¿no? —dice Jo.

—Mmm..., los adolescentes hacen esas cosas. Seguro aprovechó que los abuelos no estaban y se fue con algún novio.

—Puede ser —dice Verónica sin convencimiento.

No está al tanto de todo, pero Ignazio parecía preocupado. Es el encargado de darles novedades a sus abuelos.

—Seguro sus padres y sus amigos están buscándola. Ignazio piensa que, si se fue sola, debería aparecer esta tarde en el colegio durante la representación de la obra que vimos en la fiesta. Es su proyecto. Sería raro si no fuera. Sería preocupante. —Un escalofrío le recorre la espalda mientras pronuncia la palabra fatídica. ¿Preocupante? ¿Puede pasar algo malo en aquel pueblito perdido en medio de la nada?

Aprovechando que es un día de puertas abiertas, Ignazio las invitó a la *kermesse* del colegio. Ir a esperar la aparición de una adolescente a la que vieron solo una vez en sus vidas les resulta raro. Por otro lado, la idea de asistir a una obra con padres y niños de todas las edades en la que se va a representar la violación de vírgenes y el asesinato de bebés no deja de parecerles un plan con potencial. Los adolescentes tienen otra idea del precepto de «no herir la sensibilidad del público», se dicen. Aunque no lo formula así, Verónica siente que puede ser importante estar ahí.

—¿Vamos?

—No sé qué decirles —comenta Diana—. Me parece demasiado *Twin Peaks* todo. Ya saben que me sugestiono mucho. Y la chica se llama Laura...

Después de descartar la posibilidad de un remake suizo del caso Laura Palmer, intentan recordar si la vieron durante el resto de la noche. Sus amigas estaban ya drogadas. Ella está casi segura de que la última vez que la vio fue durante la performance. Barajan hipótesis más o menos inquietantes sobre su ausencia y tratan de convencerse de que tarde o temprano va a aparecer. Ninguna parece persuadida, Verónica menos que ninguna. Decide que es mejor no mostrarles su inquietud. En todo caso, la idea de volver a ver a Ignazio le genera ansiedad. No cree que vaya a pasar nada más entre ellos, pero no puede dejar de pensar en qué pasaría si él le hiciera una propuesta.

Diana les arrima la carta señalando la recomendación del día: ricota gratinada. Una especialidad local. El amable italiano que gestiona el lugar se ha puesto un delantal de servicio y atraviesa el patio en dirección a ellas.

Durante el almuerzo no puede dejar de pensar en Laura. ¿Por qué una adolescente podría huir de su casa? ¿Conflictos con sus amigas, con una pareja? ¿Problemas en el colegio o con sus padres? ¿Cuestiones de plata? Es cierto que no sabe nada de su familia, excepto que es la nieta de una de las últimas descendientes que vio con sus propios ojos la aventura de Monte Verità. No puede elaborar ninguna hipótesis respecto de la relación que puede tener con sus padres. La única frase que le dirigió en toda la noche le hace pensar que conoce bien la historia de su abuela. No le extrañaba que estuviera investigando sobre Monte Verità ni que pudiera tener interés en conocerla.

Aunque trabaja rodeada de jóvenes, no está al tanto de las angustias de esa generación. Cuando ve a sus estudiantes por los pasillos hablar de sus planes para la noche, comentar historias amorosas o problemas con sus amigos, le inspiran una sensación de bienestar. Los ve tan libres: sus vidas todavía pueden tomar direcciones cambiantes, hacer idas y vueltas. Por eso le gusta hablar con ellos. Igual que con Lucía. Verónica no tiene el coraje de tomar decisiones que pongan en peligro los cimientos de su vida. El temor de lo que puede perder empaña la perspectiva de lo que va a venir. No se trata de cosas concretas, por supuesto, simplemente está aferrada a una foto imaginaria.

Tal vez el cambio de rumbo que Adrien le propone la afecta tanto porque le reenvía el reflejo de su impasibilidad. Se siente incapaz de reaccionar sin que una fuerza externa la obligue. ¿Es por eso que fantasea con prenderle fuego a la vida que construyó durante años? ¿Es esa la única forma que tendría de despertarse? Piensa en Lotte prendiendo hogueras al pie de su cabaña en el lago. Ella encendía el fuego para ahuyentar los malos espíritus, para impedir que las fuerzas oscuras que la habitaban la llevaran a profundidades de las que no podría salir. Quemar hojas y ramas secas la ayudaba a exorcizar su deseo de destruir cosas más importantes.

Laura no puede tener tantos problemas, se dice para calmarse. Lo cierto es que no sabe nada de ella. ¿Una adolescente que organiza fiestas en la mansión de sus abuelos puede ser infeliz? El confort material no había bastado para los monteveritanos. La felicidad que ellos buscaban no era consumible. ¿Qué puede querer alguien como Laura? Una brisa mueve las copas de los árboles. Esas colinas infundieron una fuerza animal, mística, oscura o luminosa en la vida de muchas de las mujeres que las recorrieron. ¿Laura también habrá escuchado el llamado de la montaña? El lema de la comunidad le vuelve, simple y hermético: verdad, libertad.

Las tres amigas prueban la ricota frita y el *brasato* con polenta. Justo después, lo que más les gustaría es irse a dormir la siesta. Para evitar que el equipo se desmotive, piden tres cafés bien cargados y se preparan a volver a pasar por la iglesia. Tal vez el encargado del restaurante estuviera en lo cierto cuando afirmaba enérgicamente que *certo, certo*, podrían visitar la Madonna della Fontana más tarde. Piden la cuenta y desandan el camino tratando de sacarse la modorra. A unos metros de la entrada notan que la puerta principal está abierta. No hay movimiento en las cercanías, pero sus plegarias fueron atendidas: podrán visitar la iglesia y dedicarle una loa pagana a la Virgen.

El recinto es modesto y está poco iluminado. Hay solo algunas hileras de bancos de madera orientados hacia el altar donde se celebran las misas. La pintura color trigo de las paredes está bastante venida a menos. Avanzan hasta el altar principal. Detrás de una mesa alta que debe servir para los oficios y que ahora está simplemente recubierta por una tela blanca, se distingue la imagen de la Madonna. Está vestida con una túnica azul oscura que le cubre el cuerpo hasta los pies y lleva a un bebé en sus brazos. Es una estatua simple, sin adornos ni los detalles barrocos que suelen acompañar este tipo de representaciones. La Virgen dirige una mirada apacible en dirección a algún punto perdido entre los bancos vacíos. Es raro que Ida no mencionara al bebé en su texto. Tan raro que Verónica duda de que se trate de la misma estatua que Ida vio hace más de un siglo. Si bien el bebé tiene las proporciones exageradamente grandes propias de este tipo de figuras, sus rasgos son armoniosos. No parece la versión enana de un futuro dios sino un bebé real, rollizo y despreocupado.

¿Ida se habrá sentido tocada por la mirada ingrávida de la Madonna? ¿Qué detalle pudo haber desencadenado el resorte caprichoso de la revelación? La Virgen tiene la vista perdida en el espacio, tal vez espera a la persona digna de dejarse atravesar por la flecha del milagro. Esa persona aún no ha llegado a la cita hoy. Entre la gruta de Gusto y la Madonna con expresión indolente, no sabría dónde anclarse para fundar una nueva religión.

Verónica se dirige hacia uno de los bancos de madera y se sienta. Tal vez, bajo el influjo de los fieles que asistían a la misa, Ida se dejó llevar por el clima de fervor religioso. Tal vez, siendo la única mujer de pelo suelto, se sintió desprotegida y creyó que la mirada de la Virgen le estaba destinada. Ida no ve al hijo en brazos de su madre. Solo siente su llamado como un pedido afiebrado que la libera y le exige cumplir su vocación. Pero ¿de qué vocación se trata? Ida siempre estuvo al servicio de los otros, escribiendo, haciendo música, gestionando el sanatorio. Quizás ese día entendió que su destino era el de ser una médium, un cable conductor. Ida asume el rol de jardinera de un terreno en el que los otros construyen y arrasan sus respectivas torres de Babel.

La estatua no ilumina a Verónica, pero su gratitud cae sobre ella como un velo ligero. Con las palmas de las manos apretadas contra la madera del banco, se siente todavía más cerca de la energía que debía recargar las fuerzas de Gusto Gräser en el vientre de la ballena. ¡Qué no daría por sentirse incubada y protegida, por ser la inquilina del vientre de la Madonna o la lombriz avanzando en el barro! No le disgustaría vivir al interior de un caparazón hueco, sentir su cuerpo como una fuerza viva, como un crustáceo contenido en una coraza de carey. Tal vez los dos estén en lo cierto. La energía que la Madonna le comunicó a Ida no debía estar tan lejos de la conexión natural que experimentaba Gusto en la gruta. Solo que Ida no se esconde, no se exilia del mundo ni se vuelve eremita. Ella transforma su fuerza en generosidad. Acaricia los músculos atormentados de Mary Wigman y la convence para que siga bailando. ¡Otra flexión, otra extensión, más sudor! Porque vio en la Virgen a la encarnación de todas las diosas, Ida es capaz de reconocer a la bruja naciendo de las piernas golpeadas de Mary. Esa piel y esos músculos son la leña de su hoguera.

Sus amigas la esperan sentadas sobre los escalones de piedra. Verónica debe haber pasado un buen rato perdida en sus pensamientos. En cuanto la ven salir, se levantan sacudiéndose el polvo de los pantalones. No le hacen preguntas sobre su pausa introspectiva, parecen aceptar y respetar su silencio. Casi inmediatamente retoman juntas la ruta en dirección al centro de Ascona. Podrían ir yendo hacia el colegio Papio. La *kermesse* debería empezar en una hora, pero le divierte la idea de llegar temprano para explorar el lugar y meterse en sitios a los que normalmente no tendría acceso. Sus amigas se embarcan en una discusión sobre la vuelta a sus respectivos hogares. Con una destreza notoria para estar caminando por una ruta de montaña, consultan en sus teléfonos los horarios de bus y de tren y discuten la utilidad de compartir un taxi hasta Locarno.

¿Saca algo en claro del viaje? ¿Podrá dejar la fundación con el sentimiento que tenían los antiguos pensionarios? ¿Se siente regenerada y lista para asumir la vuelta al loquero que se llama mundo? El concepto de «cura» no cuaja con su estadía. No se privaron de carne ni de alcohol, ni se sometieron a la rudeza del trabajo físico. En el plano personal, no tuvo siquiera la lucidez de extraviarse durante unas horas en una vuelta drogada a la naturaleza. El secreto de los simpáticos viejitos suicidas probablemente siga siendo una incógnita. No tuvo sexo extraconyugal ni colaboró en la búsqueda de

Laura. Considerado desde un ángulo pragmático, el viaje es una declinación más de su irresistible atracción por el fracaso. Okey, no sacó nada en claro, pero al menos se permitió hablar de sus penas y acompañarlas de buena comida y litros de cerveza. Quizás esa sea su versión banal y profana del mejor de los mundos posibles, se dice con una sonrisa benevolente. Pero, aunque le cueste ponerlo en palabras, intuye que hubo algo más. ¿Se puede volver a casa siendo otra?

Mientras baja la pendiente y capta algunos retazos de la conversación de sus amigas, no puede evitar sentirse afortunada. Imagina la llegada a su hogar al día siguiente. Se ve subiendo de dos en dos los peldaños que la separan del tercer piso de su departamento, entrando al cuarto de la bestia sin hacer ruido, escuchando por unos segundos su respiración mientras duerme. La discusión con Adrien vendrá después. Los Pirineos y las fortineras de la pampa tendrán que hacer cama afuera, como los zapatos de los suizos. Tal vez subir la colina o extraviarse en la gruta solo son distintas formas de buscar un camino de vuelta.

No necesita ponerse los auriculares para escuchar la canción de los Beatles que suena en su cabeza. Repite para sus adentros «The Fool on the Hill». «Día tras día, solo en una colina, / el hombre de la sonrisa ingenua / se mantiene perfectamente quieto». Al principio canta sin sonido, moviendo únicamente los labios. Las palabras suenan adentro de ella como un himno sin música. Piensa en ese hombre de la colina, con algo de loco o de tonto, el hombre al que nadie quiere conocer. Es el hombre de las mil voces que nunca da respuestas; el que ve ponerse el sol y siente el movimiento del mundo. Como él, ella también quisiera aprender a dejar de ver con sus ojos. Le gustaría usar su mente y sentir que el mundo gira y la hace girar con él. Ella también se siente sola en una colina y no quiere responderle a nadie. Baja cantando ahora en voz alta, como una loca que habla sin preocuparse por que nadie la escuche.

Después de dar un par de vueltas por las calles del centro se dirigen hacia el colegio. En una suerte de stand ubicado en el portón de entrada encuentran unos folletos que explican la historia del lugar. Jo toma uno y lo lee en voz alta mientras atraviesan las rejas que conducen al claustro principal. Algunos de esos datos despiertan ecos en la memoria agujereada de Verónica. Al parecer, el colegio debe su existencia a Bartolomeo Papio, un humilde trabajador empleado por la familia Orsini. Mientras se ocupaba un día de sus quehaceres cotidianos, Papio descubrió enterrado en el jardín un tesoro con piezas de oro, plata y piedras preciosas. Como corresponde a un fiel criado, les entregó el tesoro a sus señores. A cambio, el generoso príncipe Orsini le cedió una parte. La historia suena como una versión feérica de la parábola bíblica del buen servidor que, en la ausencia de su señor, multiplica el dinero y hace fructificar sus dones. Evidentemente, y a pesar del elogio cristiano de la renuncia y el amor a los pobres, Cristo tenía una veta capitalista. Jo continúa la historia: «Rico de la noche a la mañana, Papio comprará en 1564 un terreno al borde del lago Mayor en Ascona». Su intención era construir un palacio, pero por distintos motivos el proyecto no se llevó a cabo. Llegando al final de su vida ordenó que, tras su muerte, el sitio fuera convertido en un colegio. Hoy en día el lugar es la sede de Santa Maria della Misericordia, una conocida escuela católica dependiente del obispado de Lugano.

Apenas unos metros separan el portón exterior del claustro, que tiene la forma de un enorme rectángulo construido en torno a un patio interno. Las aulas, las salas de reunión y demás áreas del colegio se ubican en la construcción de dos pisos que circunda el patio y lo enmarca con una serie de arcos de medio punto. Los colores no varían del resto de los edificios suizos: amarillo trigo y detalles blancos. En torno a una fuente circular estilo aljibe hay algunas mesas y sillas de hierro blancas. Por el momento, solo algunos jóvenes en jeans y zapatillas se desplazan por los pasillos. Nadie les pregunta qué hacen ahí ni qué están buscando. En la planta baja descubren un ala con aulas, pero también una iglesia minúscula y bien cuidada. Al fondo hay una estatua de la Virgen; esta vez sin su hijo. Desde uno de los ángulos rectos que forma el claustro se abre un camino de tierra bordeado de pinos.

Suben al primer piso por una amplia escalera. Apenas asoman la nariz, una adolescente que pasa por allí les explica que los invitados a la *kermesse* deben ingresar por el campus, situado en un edificio anexo. Aprovechan que la joven habla un inglés extremadamente correcto para preguntarle por la obra de teatro. La chica dice que para eso falta bastante. La obra la organizan los estudiantes de último año en la sala de convenciones. Llegado el momento, ellos las guiarán hasta allí. Le agradecen y le explican que van a dar una vuelta. La chica asiente y sigue caminando apurada.

El primer piso alberga aulas y oficinas a las que no tienen acceso. Se detienen a mirar por la ventana de una sala que contiene un laboratorio y deciden bajar a buscar el campus. Un grupo de alumnos se cruza con ellas y les propone seguirlos: van justamente hacia allí. Con sus conjuntos de camisetas amarillas y pantalones negros, parecen un enjambre de abejas. En el edificio principal se encuentran las habitaciones y las salas comunes de esparcimiento de los estudiantes pupilos. Por un pasillo, las tres amigas salen hasta un segundo patio de cemento. Varios adultos entran y salen del gimnasio. Un barullo alegre brota del interior. El público asiste a una representación de gimnasia artística a cargo de un grupo de chicos de unos catorce años. Van vestidos de abejas y manipulan con destreza aros plásticos y unas serpentinas de colores hechas con tiras de raso que acentúan los movimientos de las piruetas. Ellas se acercan a observar el espectáculo desde la parte posterior del gimnasio, donde están instaladas varias mesas cubiertas con manteles blancos. Unos jóvenes las saludan y les ofrecen gaseosas y pequeños trozos de torta. Aceptan las bebidas y se ubican en unas sillas vacías al fondo de la sala. Desde ahí, Verónica intenta ver si distingue a Ignazio o a Laura por algún lado. A primera vista, no hay nadie conocido. Los grupos de alumnos deben ser de los años inferiores. No hay tampoco rastro de las vírgenes vengadoras ni de los hombres mono.

La coreografía se acaba y los atletas transpirados y sonrientes ensayan una reverencia a destiempo para el público. Salen en fila del espacio destinado al espectáculo y se pierden entre otros grupos de adolescentes. Los adultos aprovechan la pausa para salir a dar una vuelta o agarrar algo de comer. La situación despertó una ola de nostalgia en Jo y Diana, que se embarcan en una discusión sobre las fiestas de fin de curso en sus respectivos colegios. Salen a tomar aire al patio y ella les propone volver a buscarlas en unos minutos. Quiere dar una vuelta por el lugar y ver si encuentra a Ignazio.

Mientras recorre el gimnasio, le llama la atención su aspecto casi nuevo. El piso recubierto de unas planchas de caucho color ocre está brillante. En el extremo opuesto distingue una segunda puerta que conecta con un área de deportes al aire libre y una estructura que parece contener una piscina cubierta. Avanza hacia allí, pero el sitio está cerrado. Rodea el edificio intentando echarle un vistazo al interior y adivina un espacio que podría ser la sala de convenciones. ¿Los adultos estarán al tanto del tema de la obra? Tal vez los alumnos ya han sido amablemente censurados e invitados a modificar el final, considerado demasiado escabroso para las almas sensibles.

Para espiar mejor, acerca la cara hasta rozar con la nariz la puerta de vidrio. De repente, una mano se apoya en su hombro y la asusta. Se da vuelta algo avergonzada, esperando encontrarse con un guardia listo para expulsarla del lugar. En vez de eso, se topa con Ignazio. Él le sonríe sin despegarle la mano del hombro. Está contento de que haya venido. Acaba de cruzarse con sus amigas y le dijeron que había ido en esa dirección.

Todavía no hay noticias de Laura, le dice, como si adivinara lo que estaba por preguntarle. Sus abuelos volvieron a Locarno ayer y los padres están buscándola por todos lados. Ya han hecho una denuncia en la policía, pero por ahora no hay pistas sobre dónde puede haberse metido. Verónica piensa que, aun si se fue por su propia voluntad, eso no excluye que esté en peligro. Para no sumar una inquietud innecesaria, se reserva sus reflexiones. El colegio es una maravilla, dice señalando vagamente el espacio que los rodea. Ignazio sonríe y le pregunta si quiere acompañarlo. Les prometió a los abuelos que le echaría un vistazo a la habitación en la que Laura pensaba instalarse una vez terminadas las vacaciones de verano. La villa está en venta desde hace un año, y recientemente apareció un interesado dispuesto a comprarla rápido. Los padres estaban considerando reservarle un lugar en el campus y Laura había aceptado. Está claro que iba a ser un cambio dejar de vivir en la impresionante casona familiar, pero los abuelos ya tenían pensado mudarse a un departamento en el centro y su nieta podría quedarse allí cuando lo deseara. Ella no parecía disconforme con el trueque; era también una manera de ganar independencia.

Los dos deshacen el camino para regresar al ala de los estudiantes pupilos. Mientras caminan, Verónica no puede evitar pensar en la ironía de volver a entrar a un cuarto en compañía de Ignazio. Toman un camino alternativo que les evita atravesar el gimnasio, desde donde sigue saliendo música rítmica. Ya en el ala destinada a las habitaciones de los alumnos, suben al primer piso y avanzan por un pasillo perfectamente iluminado.

Al llegar a una de las puertas, Ignazio se detiene y saca una llave de su bolsillo. Entran al cuarto amueblado con un escritorio pequeño, un ropero y una cama simple. Ignazio se acerca al escritorio ubicado contra la ventana e inspecciona los cajones vacíos. Le echa un vistazo al ropero e incluso se arrodilla para mirar debajo de la cama. No hay nada. Ningún objeto ni papel personal, ningún rastro de que Laura haya puesto un pie en aquel cuarto alguna vez. El bibliotecario levanta los hombros y la mira con cara de circunstancia, haciéndole un gesto con la cabeza para salir.

Apenas ponen un pie en el pasillo, Verónica le pregunta si no la dejaría entrar de nuevo sola. Será solo un instante, necesita confirmar algo. Ignazio la mira y abre ligeramente la boca con una mueca indecisa. No sabe qué decirle, pero como su pedido lo agarra desprevenido, no atina más que a lanzar un *certo* y a dejarla pasar. Sin entender qué fuerza guía sus movimientos, ella cierra la puerta y se dirige hasta el escritorio. Como lo hizo Ignazio unos segundos antes, abre uno de los cajones vacíos. Mete una mano en el bolsillo del pantalón, saca la foto con las tres mujeres y la deposita adentro, bien al fondo del cajón, que cierra sin hacer ruido. Unos segundos después se encuentra afuera y le agradece.

El bibliotecario la mira con curiosidad. No era nada. Solo quería ver el cuarto una vez más. Bajan las escaleras en silencio. Ignazio le propone que se reúna con sus amigas y que se encuentren directamente en la sala de convenciones. La obra debería empezar en poco más de media hora, pero él quiere aprovechar para hacer algunos llamados.

Ella asiente con la cabeza mientras lo ve alejarse en dirección al gimnasio. Sin pensarlo, sale a la calle. Una vez afuera, se da cuenta de que quiere ir al lago. A medida que avanza, el colegio Papio va quedando atrás. Camina lento y sin prisa. Nadie la espera. Solo quiere ver una vez más el azul grisáceo del agua. Se imagina sentándose sobre la arena de la orilla, extraviando su vista en los movimientos que crean las corrientes subterráneas. Después de unos minutos, pone su teléfono en modo silencioso y asiste al espectáculo de las calles que, de a poco, se van llenando de gente que sale del trabajo. El centro empieza a animarse con el ajetreo de las familias que acompañan a sus hijos a la salida de la escuela. Mientras camina, siente el calor que se irradia desde el bolsillo vacío de sus pantalones. Sabe que no va a volver al gimnasio. No volverá a ver a Ignazio ni piensa asistir a la obra de teatro a la que posiblemente vayan sus amigas. Seguramente, en un rato le escribirán para saber dónde está. No le preocupa. Conoce el final y no piensa tocar su teléfono. Le gusta la idea de perderse entre esa masa de gente, de confundirse con los desconocidos que circulan por las calles con la certeza de estar entrando en la recta final de un día como cualquier otro.

Yo también soy una hija de la Tierra, una desheredada. Nací y morí como todos, aunque viví como pocos. Me educaron para ser buena esposa, profesora de piano, madre y sostén para mis padres y mis tres hermanos. En cambio, con mi pareja y un grupo de amigos decidimos alejarnos de los vicios de las ciudades y nos zambullimos de cuerpo entero en los ciclos de la naturaleza. Fundamos una comunidad que reflejó nuestros ideales, y esa vida tribal nos cambió para siempre. Sentí el sol de la primavera calentándome la piel y padecí las llagas de los que trabajan la tierra reseca en invierno. Intentamos vivir respetando nuestros principios, y en ese intento perdí a una hermana y a una amiga. Sus muertes fueron atroces e innecesarias. ¿Fueron víctimas sacrificiales de una ambición desmesurada? Sus voces todavía habitan mis sueños.

Asistí al apogeo y a la ruina de nuestro paraíso. Rozamos la divinidad y nos trataron de locos y de bestias. Conocí lo injusto y sentí las lágrimas quemándome la cara de bronca mientras leía la carta en la que mis padres me privaban de mi parte de herencia. Me castigaban por no haber llevado la vida que esperaban.

Me enamoré, y algunas personas también se enamoraron de mí. No tuve hijos, pero sí escribí algunos textos. La hija de un buen amigo, una niña de pelo rubio ceniciento, aceptó jugar a veces a ser mi discípula y mi aprendiz. A ella, que se quedó con sus padres en nuestra Montaña de la Verdad, le dejé mis escritos y los pocos documentos que dan cuenta de mi estancia en este mundo. En los años que pasamos juntas la quise como una madre adoptiva, o como se quiere a las cosas que no nos pertenecen. Velé por sus sueños cuando estuve lejos y le pedí que contara nuestra historia a los que llegaran después.

Con el tiempo, aprendí a vivir con la nueva familia del que supo ser mi gran amor. Cuando creí que ya no me quedaba nada por vivir, el destino me forzó al exilio y experimenté el retorno a lo salvaje. Conocí la selva, la lluvia y el calor que deshacen las voluntades más férreas. A una edad en que las mujeres de mi clase suelen disfrutar de una vejez apacible, el amor volvió a tocar la puerta. Esa nueva pasión con el que fue mi único compañero apaciguó las brasas de nuestro pasado. La segunda era de nuestra relación nació empapada de barro, protegida por las garras de las bestias, mecida por el zumbido de los mosquitos y el roce de las patas de las tarántulas.

En las colinas de Ascona conocí a una de las mujeres más excepcionales de todos los tiempos. Mary Wigman fue mi aliada y mi confidente. Sin su amistad no habría tenido el coraje de afrontar todo lo que vino después: la guerra, la bancarrota, el desamor. Creí en la potencia de su baile como otros creen en Dios o en las fuerzas de la naturaleza. Froté sus piernas cansadas y aprendí a preparar ungüentos para que la sangre circulara mejor a través de sus venas.

Nos tildaron de mujeres sin honor ni pudor y alguno pronunció incluso la palabra «brujas». Mary amaba el miedo que les provocaba esa palabra con la que pretendían insultarnos. Mientras creaba su solo más conocido, ella también se sentía transformada por la potencia de la bruja. Después de mucho trabajo, ya exhausta y con los miembros todavía tensos, venía a verme y me contaba los avances de su baile. Por momentos creía vislumbrarla apenas unos segundos, pero otras veces, poco importaban sus esfuerzos, el engendro de la noche y de la tierra la eludía. Cuanto más invadida y habitada por esa fuerza sobrenatural se sentía, más se convencía de que el monstruo estaba en su interior. Entre risas, me preguntaba si, a fin de cuentas, no habría una bruja escondida dentro de cada una de nosotras.

Las cosas que sabemos asustan a los más simples y a los más sabios y retrógrados. Ese desdén siempre puede transformarse en odio. Por eso seguimos trabajando, haciendo experimentos, anotándolo todo. A veces nos divertimos gritando nuestras verdades a los cuatro vientos, pregonándolas como un evangelio. Antes nos quemaban para asegurarse de que no quedara nada de nuestro paso por este mundo. Ahora, pase lo que pase, nuestros escritos van a sobrevivirnos. Escribimos arrulladas por las imprecaciones de todos los que nos dijeron que no tenía sentido hacerlo, que estábamos locas o padecíamos una fiebre de vanidad. Para conjurar esas voces, encendimos hogueras con las ramas que nos daba el bosque. Frente al fuego escribimos y leímos bien alto nuestros escritos, a los gritos casi, y los ecos de nuestras voces reverberaron en la oscuridad. Muchas noches prendimos fogatas, y en alguna de ellas quemamos nuestros votos de mujeres libres para que nadie pudiera destruirlos por nosotras. Hicimos un pacto de hermanas, reímos y bailamos, y, cuando quedamos conformes, tomamos retratos para tener algo que recordar.

El camión de la mudanza pasó esta misma mañana y se llevó los muebles, las valijas con ropa, las cajas de cartón llenas de libros, cacerolas, juguetes y todos los bártulos que las familias acumulan a lo largo de los años. El piso está vacío, y la falta de todos esos detalles que hacen la vida cotidiana de un departamento destaca las marcas y los pequeños rasguños que algún movimiento abrupto de muebles o de sillas causaron en la pintura de las paredes. La mirada de Verónica se detiene sobre unas pequeñas manchas del parqué. Se pregunta de dónde vienen. ¿Las habrá hecho ella? Apostaría a que fueron causadas por algún líquido invasivo, probablemente aceite. No suele preparar platos fritos ni andar desperdigando por el piso el aderezo para ensaladas, así que no tiene idea de cuándo ni cómo aparecieron ahí. Los contornos de la madera están oscurecidos y le resulta increíble no haberse percatado antes de esos manchones.

Acaba de pasarles una esponja con detergente a los muebles de madera laqueada de la cocina, procurando borrar la suciedad que los dedos dejan en las superficies. Cuando una casa está habitada, es raro que la gente se concentre en esos detalles, pero ahora que el empleado de la inmobiliaria va a pasar a inspeccionar el lugar, todas esas imperfecciones salen a flote y adquieren protagonismo. Está sola, con la espalda apoyada sobre la mesada de piedra negra de la cocina. El agente debería llegar en unos minutos para hacer el inventario de salida que les permitirá recuperar el depósito que pusieron cuando alquilaron el lugar por primera vez, cinco años atrás.

Hace algunos meses recibió un mail de Ignazio. Quería entender por qué se había ido sin despedirse. ¿Había hecho algo que le hubiera molestado? Esperaba que no. Como debía saberlo ya por sus amigas, Laura no había ido a la representación en el colegio. Esa misma tarde habían decidido intensificar la búsqueda, pero finalmente nada de eso fue necesario. Laura apareció al día siguiente. Estaba perfecta y dijo que se había ido por su cuenta. No hubo manera de hacerla confesar dónde había pasado los últimos días. Su silencio tranquilo y ensimismado resultó casi más inquietante que su huida. Los padres la amenazaron con llevársela a vivir de vuelta con ellos a Ginebra. Hubo discusiones, llantos, peleas, pero ella se mantuvo fiel a su secreto. Los abuelos se sienten culpables. Piensan que es la excesiva libertad que le dieron durante los últimos años lo que la llevó a actuar así. Todos parecen cuestionarse y echarse culpas. En el colegio están cada vez más preocupados. Justo después de Laura, otras chicas de los cursos inferiores organizaron pequeñas fugas. Por lo general, aparecían rápido. Se iban solo algunas horas o a lo sumo un día. Cuando les preguntaban por qué hacían eso, qué necesidad tenían de irse sin avisar o decir adónde iban, todas se quedaban en silencio, igual que Laura. Los padres estaban inquietos. Temían que las estudiantes del año superior hubieran puesto en marcha una costumbre rara, un rito de iniciación, o simplemente un gesto desafiante hacia sus familias y las autoridades del colegio. Amenazaron incluso con expulsarlas. Pero ¿con qué motivo? ¿Qué sentido tenía castigarlas por haberse ido unos días o apenas unas horas de sus casas? Así estaban las cosas por ahí. Ignazio le pedía que le diera noticias de su investigación y le repetía que no dudara en escribirle si llegaba a necesitar algo.

Todavía no respondió a su mail, y no sabe si va a hacerlo. La tranquiliza saber que Laura está bien, pero la cuestión del castigo la dejó molesta, ansiosa. Seguro que su silencio no fue de lo más considerado y que su familia debe haberla pasado muy mal, pero lo importante es que volvió. La gente siempre quiere entender todo, pero tal vez ni ella sepa por qué se fue. En cualquier caso, está ahí, con ellos. Entre todas las opciones posibles, se decidió por esa. Deberían alegrarse y dejarla tranquila. ¡Qué importa si las más jóvenes la imitan y salen a tomar aire! No se están poniendo en peligro ni haciendo nada del otro mundo. Quizás necesitan estar solas un rato.

Verónica espera que los padres de Laura no se la lleven a Ginebra. Le gustaría que la dejaran terminar su último semestre en el colegio, ocupar el cuarto de estudiante que le estaba destinado. Se la imagina instalándose en esa habitación. Pasando allí sus últimos días en el instituto. Ya tendrá tiempo de decidir qué quiere hacer de su vida. Piensa, o más bien desea, que haya encontrado la foto que le dejó en el fondo del cajón como un regalo o una ofrenda. Tal vez ella sepa interpretarla mejor que nadie. E incluso si no entiende quiénes son esas mujeres o qué significa la foto, le parece justo que sea ella la destinataria: una de las descendientes de la última testigo que vivió en carne propia la utopía de los monteveritanos. Se la imagina caminando por el bosque. Va sola y a su ritmo. Cada tanto, descansa sobre el tronco de un árbol de ramas espesas y cargadas. Lee un libro o escribe en su diario o simplemente piensa. Le gusta creer que Laura lleva en ella algo del espíritu de Monte Verità, que sabe escuchar el llamado de las montañas.

Recorre el departamento vacío una última vez. Atraviesa las habitaciones, le echa un vistazo al baño y observa la bañadera en la que, hasta ayer, la bestia sumergía su barco de madera azul y disfrutaba chapoteando en el agua y salpicando las paredes. El espacio le parece más chico que antes. No tiene sentido, piensa. Los espacios se achican con los muebles y los objetos, con el vaivén de las personas. Sin embargo, no le queda más que constatar que, en este caso, el vacío deja al departamento empequeñecido y pobretón. La vista desde las ventanas de la cocina-comedor no está en su momento más luminoso. La madreselva no resiste más de dos semanas el frío del otoño y, ahora, el inmueble vecino está recubierto de raíces y de ramas secas que acentúan los problemas de pintura. Tan solo unas semanas atrás esas mismas paredes estaban cubiertas de verde. No les va a resultar fácil alquilarlo en los meses que vienen sin enredadera y con poco sol, piensa, y algo dentro de ella se reconforta.

Ayer pasaron la última noche allí. Desde que era chica, siempre le intrigaron las casas abandonadas y los lugares deshabitados. Esos espacios le parecían una invitación para imaginar a las personas y los objetos que los habían ocupado antes. ¿Qué penas y qué risas habrían resonado en esas habitaciones antes de las suyas? Sin embargo, por más que escarba en su memoria, no recuerda haber imaginado a los antiguos habitantes del departamento. Todo va demasiado rápido en París. Hay que apurarse, ser los primeros en visitar, tener un dosier perfecto, impreso en varias copias y dispuesto en una carpeta impecable. Investir el rol de los perfectos inquilinos es un arte que lleva tiempo y práctica. Hay que cuidar la ropa y el peinado el día de las visitas y, sobre todo, elegir muy bien el calzado. Después de varios ensayos y desaciertos aprendió a reconocer los zapatos perfectos y la manera de sonreír capaz de transformarla en la inquilina soñada, ese ser cuya existencia imaginaria tranquiliza a los propietarios y los deja dormir bien de noche. Aunque no tiene forma de averiguarlo, le gustaría saber quiénes van a ocupar el lugar después de ellos.

Unos días antes soñó con una casa situada en una especie de isla. El lugar estaba rodeado de pinos y miraba hacia un espejo de agua quieta y apacible. Como estaba anocheciendo, la imagen se reflejaba perfectamente en el líquido oscuro, e incluso era posible ver el contorno de la copa de los árboles dibujado en el agua. La casa era blanca y de líneas puras. Ella la miraba desde la orilla opuesta, o como si fuera la visitante de un museo admirando un cuadro. En el sueño, las líneas eran nítidas y armónicas y el blanco contrastaba tan bien con la oscuridad que se insinuaba en torno que la casa parecía una figura de origami. Tenía la sensación de que nadie podía vivir en un lugar tan aislado y perfecto.

De repente, una luz empezó a iluminar el lago. En el reflejo del agua, vio cómo una inmensa llama de puntas rojas comenzaba a salir desde arriba. La llama subía con ímpetu y cubría rápidamente la mitad del techo. La casa seguía, sin embargo, en calma y silenciosa, con las ventanas cerradas, como si no se enterara de lo que estaba pasando o no le importara. En ese momento, se daba cuenta de que tenía miedo. Un miedo violento e irracional que la paralizaba. La impresión era tan fuerte que no lograba levantar la vista para mirar la casa consumiéndose entre las llamas. Solo podía concentrarse en el reflejo de la llamarada subiendo en el agua. La idea de recuperar el dominio de sus ojos y poder ver la casa de frente, impávida y sin ningún rastro de fuego, le cerraba el pecho.

Este libro
terminó de imprimirse
en Madrid
en octubre de 2023